IMRE WIRTH

GESCHICHTEN AUS DEM ESKIMOKRIEG

Roman

Aus dem Ungarischen
von Hans Skirecki

Verlag Volk & Welt
Berlin

Titel der ungarischen Originalausgabe
TÖRTÉNETEK AZ ESZKIMÓHÁBORÚBÓL
erschienen bei Pesti Szalon Könyvkiadó,
Budapest

*Das Buch enthält in direkter oder indirekter Form
Zitate und Motive aus Werken von Endre Ady, Urs Bitterli,
J. L. Borges, Attila József, Dezsö Kosztolányi,
János Pilinszky, Rainer Maria Rilke, Jules Verne und Bill Yenne
und aus dem Evangelium des Lukas sowie die Botschaft,
die Chief Joseph am 7. Oktober 1877 an General Howard richtete.*

1. Kapitel

Die Begegnung – One Stab – Meine Träumereien – Im Reservat – Leere, Stille – Fragment eines Mythos – Little Bighorn – Der Menschenfresser vom Nordweltende

Es mag zwei Jahre hersein, daß mich auf der Straße ein Mann ansprach. Er faßte mich am Arm und erzählte mir hastig die kurze Geschichte seiner Demütigung. Irgendwelche Leute hätten ihm irgendwo eine Vorrichtung am Kopf befestigt und festgestellt, er sei Grönländer. Seine Abscheu befremdete mich, aber da ahnten wir beide noch nichts von meiner Eskimoabstammung. Sie ist ja auch erst in jüngster Zeit so wichtig für mich geworden. Damit man mich besser versteht, muß ich das Folgende berichten.

Meine Mutter mit den kalifornienblauen Augen, die ich in meinen Träumereien so oft sehe, verbrachte ihre Jugend wahrscheinlich in Fort Dawn, Alaska. Diese nördlichste von Weißen bewohnte amerikanische Siedlung zeichnete sich zu Beginn des Jahrhunderts eher durch Geltungsdrang als durch Vernunft und Bedächtigkeit aus. Bodenloser Widerwille befällt mich, wenn ich nur an sie denke – und doch kann ich allmählich an nichts anderes mehr denken. Die unmöglichen Wetterverhältnisse und parallel dazu die Schwierigkeiten bei der Lebensmittelversorgung machten das ohnehin nicht leichte Leben zur Hölle; und die Wetterstation, die alles überlebt hat, wie um die störrische Entschlossenheit der damaligen Wissenschaft zu symbolisieren, liegt bis heute vergessen tief in den Fichtenwäldern. Dem Vergessen, dem allumfassenden Vergessen fiel die gesamte Zeit zum Opfer, der ich schließlich, an die unglücklichsten Verlierer denkend, den Namen Eskimokrieg gab.

Um auf meine Mutter zurückzukommen: Sie überlebte den Krieg, wenngleich die Eskimos sie weit nach Norden verschleppten. Über ihr Ungemach und über ihre Befreiung mit mir als Säugling führte sie angeblich (wie sie in einem Brief erwähnte) eine Art Tagebuch, das ich allerdings bisher nicht habe finden können. Einige Jahre nach der Flucht verstarb meine arme Mutter, danach versuchten Wohltätigkeitseinrichtungen, meine Einsamkeit zu lindern – heute ist mir klar, daß sie mich eher in die Amnesie trieben, und es lag wahrhaftig nicht an ihnen, daß der Erfolg ausblieb. Jener erbarmenswerte alte Mann, der mich vor zwei Jahren ansprach, hat gegen seinen und natürlich gegen meinen Willen einen Scheintoten geweckt.

Ich studierte damals in Chicago, eingeschlossen in den nahezu vollständigen Mangel an Erinnerungen.

Einige unverständliche und uninteressante Briefe von meiner Mutter: Das war das ganze Inventar. Wurde ich nach meiner Kindheit gefragt, gab ich verlegen zu, daß ich mich an nichts erinnere – was natürlich Ungläubigkeit auslöste, gibt es doch Mitmenschen, die sich sogar an die Farbe der Fransen der Decke auf dem Wickeltisch erinnern.

Unter diesen Umständen also kam es zu der Begegnung, die ich, wie gesagt, als ziemlich lächerlich empfand (zumal mein Aussehen unauffällig ist), und deshalb wahrscheinlich erzählte ich es an der Universität einigen indianischen Jurastudenten, die ich in meiner engeren Umgebung vielleicht als Freunde betrachten konnte. Heute freilich scheint mir diese Zuneigung atavistisch, wenngleich bei dieser Sache auch ihr verfeinertes Gespür eine gewisse Rolle spielen mochte. Jedenfalls überraschte und verunsicherte mich die plötzliche Stille, die nur von einem Hüsteln unterbrochen wurde. Während der Vorlesung versuchte ich gleichsam aus dem Nichts, aus dem wenigen, was ich wußte, Schlußfolgerungen zu ziehen, ähnlich wie ein Schachspieler seine Kombinationen anstellt. Diese Art, an die Dinge heranzugehen, ist heute ein fester Bestandteil meines Denkens: Ich habe ein Verfahren zur Prüfung von Ereignissen, die als ungeschehen gelten, und dieses Verfahren besteht darin, daß ich die fehlenden Informationen mutmaße, sorgfältig ordne und analysiere. Die Ergebnisse spiegeln sich in meinem kurzlebigen schriftstellerischen Schaffen wider.

Meine Freunde kamen mir recht farblos vor. Immerhin ahnte ich, daß sie wohl etwas mit der Indianerbewegung *America before Columbus* zu tun hatten und womöglich für *The Lake Placid News* arbeiteten. Aber das konnte nicht mehr sein als passives Wissen, ich wußte nichts Näheres über sie und konnte höchstens vermuten, daß irgend etwas Indianisches dahintersteckte. Ich wußte nicht weiter und wartete gespannt auf die Fortsetzung.

Nach der Vorlesung bat mich One Stab, Sohn eines Häuptlings aus einem Navajo-Reservat, ihn zu begleiten; kaum daß wir das Gebäude verlassen hatten, begann er übergangslos zu schimpfen: was für ein Pech sie hätten und was für ein Idiot ich sei! Meine Begegnung hätte als entscheidender Beweis in einem Spiel mit höchstem Einsatz dienen können. Denn dieser Kerl sei, sagte er, meiner Frage zuvorkommend, möglicherweise ein Soldat der einstigen Nordarmee und so vielleicht der einzige noch lebende Zeuge des Krieges, von dem heute niemand mehr wisse, den man habe vergessen müssen. Und du, ausgerechnet du, rief er, auf mich zeigend, hast ihn laufenlassen, dabei bist du ein Eskimo!

Das Wort stürzte wie eine ungeheure Last auf mich herab, ich wälzte es im Mund wie eine schmutzige Frucht, sog daran, um den sauberen Geschmack zu finden. Ein Eskimo, seinerzeit beschrieben mit den Worten: »Unwiderstehlich hingezogen seyn zum Vollkommneren ist die schönste Eigenschaft der

Menschenseele; und je kräftiger ihr unsterblicher Theil sich entwickelt, desto mehr erstarkt und wächst jenes darin. Und dank diesem rastlosen Wünschen wird der wilde Esquimeau mählich zum Menschen.«

»Du bist ein Eskimo«, flüsterte One Stab, »und seit Urzeiten lebt die Legende, daß einst die Eskimos das Symbol für Freiheit waren. Über endlosen, freien Schneefeldern das Licht der blassen Polarsonne ...«

»Und ihr glaubt«, unterbrach ich meinen indianischen Freund in seiner Schwärmerei, »dieser Mann hat an einem Krieg gegen die Eskimos teilgenommen?«

»Und ist darüber verrückt geworden«, ergänzte One Stab. »Deshalb wohl ist er am Leben geblieben.«

Wochenlang durchkämmte ich die Stadt und besonders die Gegend, wo wir uns begegnet waren, aber alle Strapazen, alles Grübeln waren vergebens. Ich sah ihn nie wieder.

Doch als ich von neuem die vergilbten Briefe meiner Mutter las, fiel mir auf, daß die paar nichtssagenden, uninteressanten, nur wegen ihres Erinnerungswertes noch nicht weggeworfenen Blätter einer verzweifelten Niederschrift in Morsezeichen glichen, bisher von niemandem entschlüsselt.

Die Briefe waren (vermute ich) für ihren Eskimo-»Herrn« bestimmt (ich bin außerstande, den Betreffenden meinen Vater zu nennen), aber warum sie nicht der Post anvertraut wurden, ist unergründbar

– nichts auf den Umschlägen ohne Briefmarke und Anschrift deutet auf die Umstände hin, wo und wann meine unglückliche Mutter zur Feder griff. Doch von Blatt zu Blatt wiederholte sich geradezu obsessiv das Wort »Ühl«, begleitet von Attributen wie »blendend, gleißend« oder aber »schauderhaft, unerträglich«. Das Gezänk der Schlittenhunde, das Umherhuschen der Polarfüchse und die düstere Gestalt meines gewalttätigen Erzeugers spukten durch meine Nächte, bis ich endlich Schlaf fand.

Mir kam der Verdacht, meine Mutter habe die Briefe schwer krank geschrieben, der Glanz ihrer blauen Augen sei erloschen gewesen, und hinter ihrer fiebernden Stirn seien auf riesigen, übergroßen Schauplätzen wieder und wieder unauslöschliche Episoden aus ihrem Leben abgerollt. Ich vertiefte mich, sie vor Augen, in die verworrenen Sätze von unklarem Sinn, und immer wieder überkam mich ein bedrückendes Gefühl von Unvollständigkeit. Ich fand einfach nichts über ihr Schicksal heraus. Was passierte nach ihrer Flucht? Was bedeutet »Ühl«? Ich tappte im dunkeln.

Nach den Prüfungen schleppte mich One Stab in das Reservat mit. Daß sie mich als »Eskimobruder« ansprachen, war mir anfangs unangenehm; dieses Gefühl schwand angesichts des mit etwas wie Gruseln verbundenen Respekts, den sie meiner Person entgegenbrachten. Die Zeit verging wie im Fluge, und wahrscheinlich wäre mir die Woche bei ihnen nicht mehr als eine angenehme Erinnerung, wenn ich nicht am Abend vor meiner Abreise ein paar Indianerjungen beim Spiel beobachtet hätte. Es ging um einen großen Stein, den die einen verteidigen, die anderen erobern sollten. Ich war auf dem Weg zu One Stabs Vater, dem Häuptling, um mich zu verabschieden, als ich völlig unerwartet das Wort »Ühl« hörte. Als Kampfruf, gleichzeitig ausgestoßen von den Verteidigern und den Angreifern. Ich blieb stehen und starrte sie wie gebannt an, sie stoben erschrocken auseinander.

One-Who-Sees-As-A-Bird, der Vater One Stabs, empfing mich mit dem betrübten Blick, der dem verlorenen Sohn ehrenhalber zusteht; als er aber sah, wie erregt ich war, erhob er sich von der Matte und kam mir entgegen.

»Ühl, was ist das?« fragte ich und griff nach seiner Hand, als benötigte ich Hilfe.

»Ühl ist eine Stadt.« Überaus ernst setzte er hinzu: »Die Eskimohauptstadt.« Und dann, verlegen: »Ich dachte, du hättest davon gehört. Dort waren die schwersten Kämpfe.«

Angeblich – so pochten es die Räder des Zugs auf die Schienen – eine Stadt im Norden, aus Eis gebaut, angeblich steht sie heute noch, angeblich ... Die Heimfahrt verging im Halbschlaf, ich fand keine Ruhe. Zu Hause angekommen, warf ich mich in einen Sessel und nahm entgegen meiner Gewohnheit einen tiefen Schluck aus der verstaubten Whiskyflasche. Vor dem nächsten Schluck fiel mein Blick auf das Etikett: Ein Jäger in rotem Tuch, hinter einem Baum versteckt, beobachtet mit zeitloser Geduld ein unendliches, mondbeschienenes Schneefeld.

Ich hatte wenig Hoffnung, dennoch durchblätterte ich die zugänglichen Geschichtsbücher, von Hutchinson bis Emerson. Das Ergebnis war gering: Über die Eskimos kein Wort. Ich erkundigte mich beim Verteidigungsministerium, ich gab mich unter falschem Namen als Kriegswaise aus, die das Grab ihres Vaters suche, aber ich bekam keine Antwort. Ich forschte bei Geschichtsprofessoren nach, sagte, ich benötige Material für meine Dissertation, sie beriefen sich verständnislos auf gesperrtes Archivmaterial. Ich konnte nichts machen. Doch in den Tiefen meines Bewußtseins morsten weiter die Briefe meiner Mutter, leuchteten im Dunkeln ihre vergessenen Augen.

Wie eine Schwingtür in einer stehengelassenen Wand: Leere, Stille. Ich könnte kaum Rechenschaft ablegen über meine Zeit; meine Prüfungen zögerte ich hinaus, solange es ging, zu den Vorlesungen ging ich selten, ich lebte von Gelegenheitsarbeiten. Auf Drängen One Stabs schrieb ich Artikel zu Eskimothemen für indianische Zeitungen, mit Sätzen, die ich mir mühsam abrang, verhüllte ich meine Ausgebranntheit. Es schien, nichts würde mich aus meiner Apathie reißen können. Auch meine Begeisterung für die Pläne One Stabs und seiner Freunde erwies sich als Strohfeuer – während sie bei ihren vierzehntägigen Zusammenkünften klassische Indianerromane lasen und schonungslos kritisierten, dachte ich über Eskimogeschichten nach und pflegte meine verbliebene Lebenslust. Immer war es Karl May, der heftige Debatten auslöste; in ihm sahen sie ein stilisierendes, romantisches Monstrum, einen Gefangenen der eigenen Handlungsführung, der das Lebensideal des ewigen Suchens durch das Schreiben, durch den Terror der Methode ersetzt habe. Dennoch unternahmen sie, wie mir bekannt wurde, ohne Wissen des in dieser Hinsicht sehr strengen One Stab Ausflüge zum vermuteten Grab Winnetous und zum Pecos, um darin ein rituelles Bad zu nehmen.

Dann ging auch das zu Ende, und wir blieben allein übrig, One Stab und ich. Die anderen schluckte die Mobilmachung – bleich beobachteten wir den Marsch der Freiwilligen unter dem uralten Zeichen der Swastika durch die Straßen Chicagos, auf der Haut das unauslöschliche Vorgefühl des Blutes; One Stab floh alsbald in seine Heimat, ich in die Bibliotheken.

In der Bücherei des Anthropologischen Instituts setzte ich mich in den Schatten gelber Skelette und brandblättriger Philodendren und las die haarsträubenden Phantastereien von Polarforschern des vergangenen Jahrhunderts über die »Nordmenschen«, die vermeintlich das Reich des Eises unbemerkt bevölkern und durch unterirdische Tunnel in kurzer Zeit selbst den Südpol erreichen können. Ich übertrug ihre höchst ungenauen Kartenskizzen in meine Hefte, denn zumeist hatte der Frost das letzte Siegel auf ihre Irrfahrten gehaucht, und so war das Mysteriöse für mich mehr als ein Irrtum. Bibliothekare betrachteten mich versonnen, beneideten mich um meine Arbeit – wie sehr ich mich abquälte, konnten sie nicht ahnen. Eines Tages dann wußte ich überhaupt nicht mehr weiter, mit ausgetrocknetem Mund und gekrampftem Magen stolperte ich zwischen den Regalen umher, ergriff zögernd das eine oder andere Buch und stellte es gleich wieder zurück, meine Fingerspitzen waren gelb von den brüchigen Seiten, meine Kleidung roch nach dem Muff von Jahrhunderten, ich war fast schon selber ein Buch, eines von all den ungelesenen. Im zaudernden Umhertasten riß ich versehentlich einige Bücher aus dem Regal; verwirrt hob ich sie auf. Das eine – es hieß, wenn ich mich recht erinnere, »Unbekannte Märchen und Mythen« – behielt ich in der Hand. Schlag es auf und lies, flüsterte eine innere Stimme. Ich gehorchte.

»Im Dunkel seiner Eishütte hockte Anaio, beobachtete den aufsteigenden Rauch, lauschte dem Gesang der Eisvögel, dem Wispern Henhes, des Herbstwindes: ›Komm heraus, Anaio, laß alles zurück, hüte nicht länger den Tod!‹ Anaio streute verzückt Reisig auf das Feuer und klopfte mit der flachen Hand auf den Boden, Hinua und ihr Sohn Ahaio antworteten nicht, sie waren zufrieden. Er kaute getrocknetes Karibufleisch, krümelte einige Stückchen ins Feuer und stimmte in leisem Singsang das Lied des großen Seehunds an: ›Sechse kamen, sechs kleine Menschen, kamen mit gezackter Eisharpune in der Hand, kamen mit warmem Seehundfell auf dem Kopf, kamen mit dem Geschmack der Seehundblutsuppe auf der Zunge, kamen mit Nebelschwaden um den Mund. Sechse kamen, kleine Menschen, mich besiegen, meine Flossenfüße abbrechen, in meine Haut ein heißes, dampfendes Loch schlagen, meine Stimme im Blut der Kehle ersticken. Sechse kamen, drei mal zwei, mit Harpunen, zum Wurf erhoben, mit Messern, mit bösen Netzen über den Köpfen, mit Furcht in den kleinen Augen. Meine Stimme kollert weithin über den Schnee, ich bohre die Nase in die Wolken, ich lasse den Eisberg auf meiner Schwanzflosse tanzen – kommt nur, kommt, ihr sechse, die Schnee-Eule schreit einen traurigen Abend herbei. Zertrümmert eure Kajaks, verbogen eure Harpunen, gefesselt vom Frost eure Hände und Füße; im dampfenden Schlund eurer offenen Münder trommeln die Zungen. Ihr kamt zu sechst, mich besiegen, ihr habt verloren, hört also nun vom Berge her das Dröhnen der Eisstiefel.‹ Anaio klopfte mit der flachen Hand auf den Boden, warf Reisig auf das Feuer, aufsteigender Rauch rief ihn, Henhe, der Herbstwind, wisperte. Anaio kroch hinaus in den Schnee, ergriff die Harpune, zog sich die Seehundfellmütze in die Augen und wartete, ›zum Bärenfelsen geh‹, hauchte der Wind, Hinua und Ahaio zogen und zerrten an seinem Anorak. Anaio kroch in die Hütte zurück, hockte sich brummig ans Feuer, legte Reisig nach. ›Hinua und Ahaio, die blasse Sonne und der kalte Schein des Vollmondes, treiben mich zurück, doch am Bärenfelsen wartet einer, seinen dicken Pelz durchbohrt keine gezackte Harpune, seine Krallen spalten den Eisberg. Hinua und Ahaio, ich habe euch getrocknetes Karibufleisch ins Feuer gestreut und Reisig, ich habe mit der flachen Hand auf den hohlen Boden getrommelt. Hinua und Ahaio, laßt mich los!‹ Der Hundeschlitten gleitet mit Anaio über den Schnee, um seinen Mund kräuselt sich fingerdick Schaum, den Polarfüchsen sträubt sich das Fell, gebrochenes Eis läßt die Hufe der Karibus bluten. Henhe, der Herbstwind, saust in die nun leere Hütte, bläst in die erkaltete Asche, pocht auf den hohlen Boden, nimmt dann mit sich ein leises Gewimmer. Anaio hockt sich auf den Bärenfelsen, spießt die blasse Sonne und den kalten Vollmond auf die Harpune und wartet unbeweglich.«

Meine Freude war grenzenlos. Selbstgeschriebenes hatte mich nie mit ähnlicher Zufriedenheit erfüllt wie dieses kurze Fragment eines Mythos – ich glaubte nun, einen ersten konkreten Beweis dafür zu haben, daß es durchaus Eskimos gab. Eilig schrieb ich den Text ab, dann floh ich regelrecht; schweigende Philodendren und dösende Bibliothekare neigten sich betrübt hinter mir.

»One Stab!« entschlüpfte es mir auf der Straße. »Zu ihm muß ich!«

Ich hastete zum Bahnhof. Wenig später war ich unterwegs nach San Francisco.

»Platanen wetteifern mit dem Zug, durch das halb geöffnete Fenster sticht die Sonne herein, sie trifft die Cowboys ins Herz; polternd fällt ihnen der Trommelrevolver aus der Hand. Das war das Zeichen: Die Wagen heizen sich auf, kreischend bohren wir uns auf den Geleisen ins Unendliche. Der Heizer preßt seine letzten Schweißtropfen in den Kessel, lautloses Schluchzen schüttelt seine Schultern. Wir können nun nichts mehr machen: wir reisen.«

Mein Rasmussen entgleitet mir, ein Mitreisender bückt sich höflich und hebt ihn auf.

One Stab schien überrascht – vielleicht komme ich ungelegen, argwöhnte ich. Kaum jemand hielt sich im Reservat auf, die Tipis knatterten leer im Wind, auch One-Who-Sees-As-A-Bird war nicht zu sehen. One Stab nahm mich am Arm, wir schlenderten hinaus aus dem Lager. Ich zeigte ihm mein Heft, er überflog den Text.

»Mein Bruder darf meine Zurückhaltung nicht falsch verstehen«, sagte er, meinen Arm drückend, »aber gestern waren Männer vom *Bureau of Indian Affairs* hier und haben meinen Vater mitgenommen.

Die anderen vom Stamm sind auf dem Weg zum großen Navajo-Fest. Ich warte hier auf meinen Vater. Der 5. Juni naht«, sagte er und schloß die Augen.

»Ich verstehe dich nicht«, murmelte ich. »Wie hängt das alles zusammen, und warum haben sie One-Who-Sees-As-A-Bird mitgenommen?«

»Am 5. Juni 1876 haben wir am Little Bighorn unter der Führung von Sitting Bull und Crazy Horse die Truppen des Generals Custer vernichtet. Das war der letzte siegreiche Indianeraufstand. Und der bedeutendste Krieg, der Ühl vorausging.« Er sah mich nachdenklich an. »Damals warf zum letztenmal der Kopfschmuck mit den Adlerfedern seinen stolz gezackten Schatten auf die weite Prärie. Hinterher gab es nur noch das Massaker von Wounded Knee. Für alle Fälle sammeln sie um diese Zeit, vor dem Jahrestag, als Warnung die Stammeshäuptlinge ein. Dann lassen sie sie wieder frei. Wenn sie wüßten … Fahre hin, Melting Ice!« Bewegt ergriff er meine Hand. »Suche Ühl!«

Zum erstenmal hatte er mich bei einem indianischen Namen genannt. Ich erschauerte.

Ich war in gedrückter Stimmung, als ich nach Hause fuhr. Die übersteigerte Erwartung und die erschreckende, unverständliche Entschlossenheit meines indianischen Freundes belasteten mich ebenso wie meine eigene Hilflosigkeit; ich fühlte mich gleichsam in den Sitz gepreßt, unfähig, mich zu rühren. Wenn ich aus dem Fenster sah, ragten an der

Scheibe die Eismauern von Ühl auf, Eskimo-Lanzenspitzen blinkten, vor den Rohren der Frostkanonen hinter den Schießscharten stand Rauch. Bei meinem unterdrückten Seufzen zuckten die kupferhäutigen Freiwilligen zusammen, laut knisterten in ihren Händen die Zeitungen mit den versteckten Kriegsnachrichten. One Stab fiel mir ein, ich sah ihre Tomahawks und ihre Kriegssymbole mit der Swastika, und ich sah ihr Scheitern vor mir: Sie werden verbrennen in der schneeweißen Hölle, allesamt und unabwendbar. Mein Blick fiel auf das Heft, in das mir One Stab eine kurze Empfehlung für einen kanadischen Stammeshäuptling geschrieben hatte, den er kannte. Ich hatte einen bitteren Geschmack im Mund, wenn ich an die bevorstehenden Monate dachte: Sie türmten sich vor mir wie ein unausweichlicher, düsterer Eisberg, und ich konnte mir sogar vorstellen, daß sich hinter ihm nichts, nichts befinden würde. Niedergeschlagen reichte ich dem Schaffner meine Fahrkarte; ich wurde nervös, als er mir gar zu lange ins Gesicht starrte. In meiner Verwirrung griff ich nach dem Rasmussen und versuchte zu lesen, aber mir grauste, und ich schlug das Buch schnell wieder zu. Mir war, als spielte mir das Schicksal den Dolch in die Hand, als ich zufällig auf diese Zeilen stieß: »Jemand wartet am Pol auf dich / Mit flatternder schwarzer Fahne.«

Fröstelnd tippte ich zu Hause die ominösen Morsezeichen in die Maschine.

»Es wird kommen der Menschenfresser vom Nordweltende: als Kind oder Riese, als lachender Windstoß oder krummer Zweig, als schwebender Speichel am letzten Laut eines auffliegenden Stoßgebets. Man hört das Dröhnen seiner Eisstiefel vom Berge her. Einen Augenblick lang bleibt er an der Wiege stehen, weit öffnen sich die Augen des Säuglings, und in sie dringt unvergeßlich der Blick. Er beißt die Brust der Mutter, bis sie blutet, er schreit und hört nicht auf, es gibt keine Hilfe. Wer könnte die Qualen der Mutter schildern? Sie betet zu ihrem fernen, bleichen Gott, das Weinen verschluckt ihre Worte, der Frost verzehrt ihre Tränen, nichts ahnt sie, die unglückliche Frau, sie liebkost ihr kleines Ungeheuer, bietet ihm die volle Brust, doch wieder beißt das Kind, immer auf die gleiche Weise, sein Sehfeld füllt ein Gesicht, die Zeit ummeißelt es mit immer tieferen Eisfurchen, der Lärm wird unerträglich. Wie lange kann man so leben, in nicht enden wollender Qual, wann endet das Säuglingsalter, wann bricht röchelnd das erste Wort hervor, wann rollt der erste Stein des Abscheus vom Grabe, oh, du Leichentuchwort: Mutter! Wäre es doch nie geboren worden, hätte ihm doch Lahba den Verstand genommen: sein Stöhnen wäre weniger als kleine Nadelstiche, gemessen an diesem Speer, der immer tiefer sich vorbohrt zum Herzen. Ein kaum vergleichbares Gefühl: der Schmerz der Seehunde, wenn sich eine rostige Drahtschlinge um ihren Hals zusammenzieht – denn es kommt der Menschenfresser vom Nordweltende, zuerst frißt er die Liebe, dahin ist das zärtliche Streicheln, wo die Berührung war, klafft ein Spalt: Wörter, ausgetrocknet vom Fieber, stürzen in die Tiefe. Wie sehr ich dich brauche, du sinnlos hingesunkenes Wesen, mit dir genommen hast du mein Schreien und die Angst meiner Augen, auf mich fiel echolos der Sargdeckel – einen Spalt nur, oben, damit ich dich sehen, damit ich wieder schreien kann zu dir, deren rissigen, schmelzenden Eisschollenkörper mit meilenweit hörbarem Donnern das Wasser verschluckt hat, damit ich endlich wieder schreien kann, daß er hier, daß er gekommen ist, der Menschenfresser vom Nordweltende, und alles ist vorbei!«

Ich bin verloren – mit diesem Empfinden warf ich mich aufs Bett. Bisher hatte ich geglaubt, ich brauchte nur einen Winkel, mich in ihn zurückzuziehen, und das Klappern der Tasten mache die Nacht gleich erträglicher. All das war auf einen Schlag zerronnen.

2. Kapitel

Bei den Delawaren – Hamasoaka, White Reindeer, Wap-O – Alexander Baronow in Alaska – Joe und Smith – In einem Dorf der Kwakiutl – Das Martyrium des Paters Isaac Jogues – In Gefangenschaft bei Wrangel dem Tschuktschen – Leiv Eiriksson in Markland – Begegnung mit den Tlingit

Im Frühsommer 1941 bestieg ich auf dem Nordwestlichen Dakota-Bahnhof den Zug mit dem unfreiwilligen (und schier unerfüllbaren) Vorsatz, spätestens Mitte Herbst in Ühl zu sein. Bis zum Dezember wollte ich nach Chicago zurückkehren; länger konnte ich das Staatsexamen, mit dem ich meine ohnehin zu lange Hochschullaufbahn abschließen mußte, nicht hinauszögern.

Auf One Stabs Empfehlung gedachte ich, unterwegs die kanadischen Delawaren und die aus ihrem ursprünglichen Siedlungsgebiet längst an den Golf von Alaska abgewanderten Kwakiutl aufzusuchen, teils, um meine Lebensmittelvorräte zu ergänzen, hauptsächlich aber, um endlich frische sinnliche Eindrücke zu sammeln. Meine Wahrnehmungsfähigkeit nämlich war seit einiger Zeit in einem solchen Maß gehemmt, daß meine Phantasie zu erstarren drohte – und sie war doch immer meine einzige Waffe gewesen.

Als Proviant hatte ich, tief in meinem Rucksack versteckt, über die notwendige Ausrüstung hinaus auch Whisky bei mir, gleichsam zur Erinnerung an die acht Jahre vorher aufgehobene Prohibition. Die Flasche hatte mir Miller geschenkt, ein Laufbursche, mit dem ich damals öfter zusammenarbeitete; er behauptete steif und fest, einmal werde sie mir sehr gelegen kommen. Wie oft brachte er mich mit seinen haarsträubenden Erzählungen in Verlegenheit! Wie oft mußte ich, wenn ich frierend in meiner abscheulichen Eishütte lag, an diesen unvergeßlichen Großmeister des mythisierten Geschlechtsaktes denken!

Ja, es war genau am 5. Juni, als ich die kanadische Grenze passierte. Ich betrat ein behäbiges Land, die Luft vibrierte von Bärengebrumm und Rentiergeschrei. Der Zollbeamte, näselnd und mit einer Roosevelt-Frisur, obwohl er doch Kanadier war, nahm mich gründlich in Augenschein, dann drückte er mir eine Liste mit den gesperrten Gebieten in die Hand – ausnahmslos Indianerreservate, und ganz oben stand das der Delawaren.

»Die suchen irgendeinen europäischen Bösewicht«, meinte er spöttelnd, »einen Indianer ehrenhalber. Aber seien Sie ganz ruhig«, und unerwartet zwinkerte er mir vertraulich zu, »wir mögen die Indianer. Die Fahnder sind auf Menschen- und Alkoholschmuggler aus.«

Ich nickte kühl und ging weiter. Das war's mit den blauen Augen, dachte ich bei mir, und für Augenblicke ging mein einziges mütterliches Erbe in Tränen unter. Zu der Liste gehörte eine flüchtige Karte mit dem ersten Ziel meiner Reise; sie war mir jetzt nicht wichtig. Chief Joseph fiel mir ein und sein Stamm, die Nez Percés, wie sie sich, dem Erfrieren nahe und dezimiert, an der Schwelle zur ersehnten und doch unerreichbaren Freiheit, wenige Meilen vor der kanadischen Grenze ergeben hatten.

Verfluchte Maske, die man nicht herunterreißen kann, verfluchte Erinnerung, verfluchte Indianer, dachte ich in plötzlichem Zorn und schlug im Laufschritt den Weg ein, der dem Wegweiser nach zum Stammessitz der Delawaren führen mußte.

Was zum Teufel suche ich hier, dachte ich dann bitter, ich zweifle mehr und mehr, und seit sie meine Artikel drucken, kann ich die Zweifel kaum noch ertragen. In ganz Nordamerika leben kaum noch fünfzigtausend Eskimos, in Alaska haben sie lappische Rentierzüchter angesiedelt, und vermutlich ist es so, daß meine – ja was: Rassengenossen?, Verwandten?, wie soll ich sie nennen? –, daß sie jetzt dahocken mit vom Seehundfett glänzenden Gesichtern und in den aufsteigenden Rauch gaffen. Das ist auch wieder nur etwas Indianisches, sagte ich mir, eine meisterliche Provokation der *Lake Placid News*. Ungesehen hätte ich es nicht geglaubt: Hunderte Indianer hatten Antwortbriefe geschrieben, kein einziger Eskimo. Dialog zweier sterbender Völker zwischen den Schollen. Na gut.

Grün war alles rundum, grün und grün, und allmählich löste sich meine Bitternis. Unbekannte Erinnerungen stürmten auf mich ein.

Oh, die Bergbäche, die durchdringend frische Luft, Pumafährten im feuchten Schnee. Meine Mutter trägt mich, ihre Beine sind blau von der Kälte, Gesicht und Hände von Wunden bedeckt. Sooft wir fallen, prüft sie, ob mir nichts zugestoßen ist. Dann sehe ich, wie sehr sie sich fürchtet. Wir sind ja auf der Flucht. Wovor? möchte ich sie fragen, aber meinen Mund bedeckt Schnee, meine Augen ruhen als Eiskugeln in ihren dummen Höhlen.

Fast wär's passiert, denke ich und rapple mich aus dem Straßengraben, während der Dodge Brothers in einer Staubwolke verschwindet. Ich verzichte lieber auf die Straße und trabe durch den Wald weiter, an Bächen entlang, durch trockenes Laub. Die Baumstämme sind bemoost, aber ja, wenn sie so dicht stehen, eine ganze Weile schon kreisen krächzend Krähen über mir – nicht eben erst aufgeflogen, um mich anzukündigen –, auf den von Unterholz überwucherten Pfaden führen Waschbären, die Gesichter mit kämpferischen Streifen maskiert, ihren Kriegstanz auf. Beim nächtlichen Leuchten der Glühwürmchen werden vermutlich Opossums Schießübungen abhalten, ins Fadenkreuz starren arglos die nicht versteckbaren, tot blinkenden Augen der Klapperschlange im Gebüsch.

In der Nähe sind Trommeln zu hören, ich passe meine Schritte ihrem Rhythmus an, er wird immer wilder und unerbittlicher, wir schreiben ja den

5. Juni – und es ist mehr als ein Zufall, daß ich mich heute auf den Weg gemacht habe. One Stab und sein Vater, One-Who-Sees-As-A-Bird, haben mich zum Zug begleitet (wer sonst hätte mich begleiten können) und mir kräftig, fast schon krampfhaft die Hand gedrückt, als sie zum Abschied dieses Wort sprachen: Little Bighorn. Mir war, als fühlte ich den brennenden Fernrohrblick des *Bureau of Indian Affairs* auf meinem Rücken.

Ich hatte dem Zollbeamten sein Märchen natürlich nicht abgenommen, die Situation war zu eindeutig – die erwachenden Indianerbewegungen hatten die mißtrauischen Bleichgesichter von Anfang an nervös gemacht. Daß jetzt überschwenglich der Fleck an General Custers Weste gefeiert wurde, der doch fast siebzig Jahre alt war, mochte ihre Unruhe noch verstärken – wobei, ganz zufällig, auch ich eine bedeutende Rolle spielte.

Diese verfluchte Schreiberei! Und jetzt stolpere ich hier umher, wie verhext von den Trommeln, gleich wird sich das Lager vor mir öffnen, um mich mit hungrigem Mund für immer zu verschlucken, um mich mit dem Virus einer unheilbaren Krankheit zu infizieren, um mir die abscheuliche Friedenspfeife der Hoffnung in die Hand zu drücken. Ich weiß, weiß allzu gut, was ich zu erwarten habe!

Den Delawaren war ich gleichgültig – ich konnte in ihr Lager spazieren, wie man in Chicago zum Taubenfüttern in den Park geht: so, als wären sie, die Indianer, die Herren Amerikas, allein auf der Welt. Sie waren dabei, Totempfähle aufzustellen; obenauf mit ausgebreiteten Schwingen der Adler, wie er mit stechenden Augen über den Stamm wacht, darunter die stummen Idole der Stammeserinnerungen. Augenblicke vergingen, bis sie mich umringten und zu See-non-ty-a führten, ihrem Häuptling, der heiter nur soviel sagte: »Also hat unser Bruder doch zu uns gefunden!« Auf seinen Wink wurde ich losgelassen und freundlich über meine Reise ausgefragt. Als wüßten sie über alles Bescheid, gaben sie sich mit meiner Person nicht im geringsten ab. Dann traten wir wieder ins Freie, und ich blieb mir selbst überlassen – erst später verstand ich oder glaubte ich zu verstehen, warum.

Ich hockte im Schatten eines Baums im Staub, als mir von neuem das pausenlose Trommeln ins Bewußtsein drang. So plötzlich, daß sie fast mein Trommelfell sprengte, trat Stille ein; mehrere Indianer in meiner Nähe stöhnten auf. Aus einem Zelt trat Hamasoaka, der berühmte Medizinmann der Kwakiutl; ich erkannte ihn an dem geschnitzten Holzplättchen, das er um den Hals trug und das der Legende nach aus der 1793 untergegangenen Fregatte Alexander Baronows stammte. Hamasoaka blieb entrückt stehen, ich machte mich unwillkürlich ganz klein, denn mir schien, er starrte nur mich an. Immer schneller, kreischend und röchelnd, quollen Worte aus seinem rissigen Mund. »Mahican, Massachuset, Wampanoag,

Narraganset, Pequod, Wappinger, Montauk, Delaware, Powhatan, Mono, Catawba ... Chiskasaw, Quapaw, Yakima, Squawmish ...« – langsam ging mir auf, daß es die Namen von Indianerstämmen waren, die er aufzählte, von den Abitibi bis zu den Zuñi. Die Delawaren übernahmen den Rhythmus, in dem er sprach, mit lauten »afh-afh!«-Rufen, und immer mehr schlossen sich den bemalten Indianern an, die Hamasoaka umtanzten. Nun trat auch See-non-ty-a, der Häuptling, in den Kreis. In der Hand hielt er ein gelbes Kalumet, ein letztes, herzergreifendes Andenken an den Pfeifensteinberg in den Black Hills, das geradezu leuchtete, als er es in die Abendsonne hielt. Da vereinigten sich die indianischen Nationen in einem einzigen Schrei, ausgestoßen von den Abitibi bis zu den Zuñi aus vollem Hals in diesem selben Augenblick; dieser vereinte Schrei drang wohl durch die verstopfte Ohrmuschel des Himmels, denn es setzte ein gewaltiger Wolkenbruch ein, der alles verzieh und völlige Hilflosigkeit eingestand. Unerschütterlich standen Hand in Hand Hamasoaka und See-non-ty-a und nannten, dem prasselnden Regen trotzend, die Namen der heimatlosen Gespenster, die über die Prärien und durch die Pueblos irren – Black Moccasin, Sitting Bear, Manuelito, Chief Joseph, Geronimo, Horse Chief, Watchful Fox, Osceola, Tecumseh, Winnetou, Steep Wind, Black Dog, Sitting Bull, Crazy Horse; so klagten sie ihre Vergangenheit in die Welt hinaus, und am Ende, als sie alle, wir alle, gleichsam in die Erde gestampft waren und erstochen von den

Pfeilspitzen des Himmels, trat auf einen Wink Hamasoakas Stille ein. Vernichtet und verklärt lauschten wir den Worten, die er mit der Stimme Chief Josephs sprach, und es lauschten diesen Worten vermutlich alle Indianer der Erde: »Sag dem General Howard, daß ich sein Herz durchschaue. Was er vorhin sagte, habe ich in meinem Herzen verborgen. Ich bin kampfesmüde. Unsere Häuptlinge sind tot. Looking Glass ist tot. Too-Hool-Hool-Suit ist tot. Unsere alten Männer sind alle tot. Jetzt ist es an den jungen Männern, zu entscheiden. Aber jener, der die jungen Männer anführte, ist auch tot. Es ist kalt, und wir haben keine Decken. Meine kleinen Kinder frieren zu Tode. Ich will mich um meine Kinder kümmern und sehen, wie viele ich noch finden kann. Vielleicht liegen sie unter den Toten. Hört mich, ihr Häuptlinge. Ich bin müde, mein Herz ist krank und traurig. Ich will nicht mehr gegen den weißen Mann kämpfen.«

Im Traum war ich ein Eskimo. Ich baute eine Eishütte auf dem nördlichsten Felsvorsprung von Cape Barrow, ich schmückte die Wände mit Bildern, die ich mit kleinen, spitzen Eisnadeln befestigte, und die Bildunterschriften schrieb ich mit einem Eiszapfen. Auf einem Bild war Ühl zu sehen, auf einem anderen Fort Dawn, auf weiteren eine Eskimo-Madonna mit ihrem Kind und Eskimo-Helden … Ja, und von keinem, von keinem fiel mir der Name ein, ich sah sie mir an, sah sie an, schweißgebadet, bis ich aufwachte.

Jemand drückte sanft meine Schulter, rief mich leise: »Eskimo-Chief, wach auf, du mußt gehen! Die Verfolger sind dir auf der Spur, und deine Freunde warten! Eskimo-Chief ...«

Ich erblickte das Gesicht einer schönen Indianerin, aber schon eilte sie aus dem Zelt; dort wartete sie, bis ich fertig war. Ich hätte mich gerne mit ihr unterhalten, aber sie schwieg, von einem kurzen Wort abgesehen: »Wap-O.« So also hieß sie. Am Waldrand, wo sich der Bach ins Dickicht schlängelte, warteten drei Männer auf mich: See-non-ty-a, Hamasoaka und ein Weißer, den ich nicht kannte und der indianische Kleidung trug. Der Häuptling sah mich nachdenklich an, legte schließlich eine Hand auf meine Schulter und sagte: »Es ist viele Monde her, daß im Land meines Bruders ein Krieg wütete, und viele Monde ist es her, daß wir dem weißen Mann entgegengetreten sind. Mein Bruder versucht jetzt das Unmögliche – aber Kanada ist eine riesige Handfläche, in deren Falten schon viele verschwunden sind.« Er deutete auf seine Begleiter. »Sie beide sind deine Weggefährten; Hamasoaka kehrt zu seinem Volk zurück, von White Reindeer weiß ich nicht, wie lange er bei euch bleiben wird. Er ist der Europäer, nach dem gesucht wird, er muß so schnell wie möglich untertauchen.«

Wir stiegen in ein Kanu, glitten langsam durch das Wasser. Unser Schweigen glich einem schmalen Rauchstreif, unter dem glühende Holzscheite die alles verzehrende Flamme vorbereiten.

Wir paddelten abwechselnd, aber eigentlich brauchten wir nur zu steuern und achtzugeben, daß wir nicht ans Ufer oder an Steine stießen. Daß wir aufmerksam sein mußten, war uns sehr recht; gemeinsam bemühten wir uns, die Grenzen des Reichs der Stille auszudehnen. Wenn ich nicht gerade das Stechpaddel handhabte, beobachtete ich White Reindeer. Er schien wenig älter als ich, und ein Stoppelbart gab seinem Gesicht einen verwilderten Ausdruck – später erfuhr ich, daß sein Rasierzeug und andere Kleinigkeiten in seinem Zelt zurückgeblieben waren, auch ihn hatte Wap-O an diesem Morgen geweckt. Das lange schwarze Haar fiel ihm wie eine Federkrone auf die Schultern, und als ich seinen Schatten auf der Wasserfläche sah, flüsterte ich unwillkürlich: Ein Indianer. Er drehte sich überrascht um, gab Hamasoaka das Paddel und balancierte in meine Nähe.

»Mein Eskimobruder hat das gleiche beobachtet wie ich als Kind; wenn ich auf dem Schulhof meinen Schatten sah, sagte ich leise dasselbe Wort, das ich doch noch nie gehört hatte. Unser alter Hausarzt sprach von Atavismus, von Rückschlägen auf alte Ahnenzustände. Seitdem habe ich manches über die Vererbungslehre gelesen, und alles widersprach der Möglichkeit, daß sich persönliche Erinnerungen vererben. Jetzt aber hat mir mein Bruder einen neuen Gesichtspunkt gegeben; die Rassenerinnerung wird von niemandem bestritten, und ich bin mir nun sicher, daß das Indianische ein Urbild ist, das sich von Zeit zu Zeit aus dem Unbewußten heraushebt.«

Als wäre er seiner Sache doch nicht ganz sicher, spähte er mir in die Augen; ich beruhigte ihn rasch, ich verstände, wovon er spreche, obgleich mir der Gedanke kam, daß es sich um ein typisch europäisches Schuldbewußtsein handelte; fast gleichzeitig fielen unsere Blicke auf Hamasoaka, dessen Rückenmuskeln sich spannten, wenn er das Paddel durch das Wasser zog. Plötzlich spürte ich, daß wir beide uns schmerzlich fremd fühlten in diesem kulissenreichen Urbild, dem Wald, und daß uns ein Toter mit dem Paddel ins Nichts beförderte. Dieses Gefühl war so stark, daß ich Hamasoaka bat, mir das Steuern zu überlassen – erst als die ersten kühlen Kristalltropfen vom Paddel auf meine Haut fielen, ließ die Spannung in mir nach.

Gegen Abend lagerten wir uns an einer Biegung des inzwischen breiter gewordenen Baches. In Decken gehüllt, starrten wir ins Feuer. Wir hörten das Plätschern des Wassers und das Schreien der Eulen; hoch über uns, in einer anderen Welt, brummte ein Flugzeug. Hamasoaka holte tief Luft und begann, die Stimme lange haltend, leise, doch kraftvoll zu singen. Geister kamen über die Mauern der Dunkelheit gesprungen, umwogten und umtanzten uns und haschten immer wieder nach den Tönen, um sie zu verzerren, mal ins Erschreckende, mal ins Entrückende. Hamasoaka besang das, wodurch unter dem endlos weiten, sternenbedeckten Himmelszelt alles möglich ist, und ich bohrte den Blick in den

Himmel, um zu sehen, ob der Gesang dort oben Gefallen fand.

Am Tag darauf unterhielt ich mich viel mit White Reindeer. Den ganzen Vormittag über steuerte Hamasoaka, er berief sich darauf, dies sei ein besonders gefährlicher Abschnitt des schmalen Flusses, voller tückischer Untiefen und Strudel. Auch wir sollten die Augen offenhalten, sagte er. Mir schien, er verzichtete demonstrativ darauf, an unserem Gespräch teilzunehmen. White Reindeer und ich berichteten einander über die wichtigsten Lebensstationen. Er stammte aus Mitteleuropa, mit seiner Flucht hatte er die heimatlichen Polypenarme des mythischen Fernwehs und der inneren Leere gekappt – nur so konnte er in die einzig mögliche reale Vergangenheit gelangen. Die Eltern hatten ihm die Geschichte seines Großvaters verheimlicht, doch ranken sich noch heute Legenden um den Häuptling Neun Wildgänse; als junger Mann hatte er die Seinen verlassen und war nach Amerika ausgewandert, zu den Indianern, wo er den Versuch unternahm, die Trümmer der indianischen Traditionen in eine magische Einheit zu fassen. Aber er hatte diese Arbeit nicht beenden können, auf Wunsch der Familie war er in die Heimat zurückgekehrt. White Reindeer zeigte mir sein Foto. Sie sahen sich zum Verwechseln ähnlich.

»Sein Werk müßte fortgesetzt werden, aber was nützt es, daß ich als blinder Passagier von Hamburg aus den Ozean überquert habe, daß man mich von Ellis Island aufs Festland geschmuggelt hat und daß ich bis zu den längst verlassenen und dennoch im ursprünglichen Zustand erhaltenen Zauberkreisen vorgedrungen bin: Ich fühlte mich, und konnte es kaum verheimlichen, wie gelähmt. Tagelang streifte ich umher, hob alle kleinen Gegenstände auf, betrachtete alle Pflanzen und Tiere, und doch wuchs meine Verzweiflung, ja mein Widerwille. Schließlich kam es mir sogar gelegen, daß sich mir das FBI an die Fersen heftete; ich muß dir gestehen, ein viel schlimmerer Verfolger als sie ist die Ohnmacht.«

Hamasoaka vergaßen wir geradezu. In White Reindeer mit seinen Zweifeln erkannte ich mich selbst wieder, auch wenn ich in der Tiefe meines Bewußtseins ahnte, daß mein verrücktes Schicksal unvergleichlich bemitleidenswerter war als seines. Meine Lebensgeschichte jedenfalls faszinierte ihn, und da er vom Eskimokrieg noch nie gehört hatte und auch von den Eskimos kaum, stimmte ich zu, als er den Wunsch äußerte, mich auf meiner Reise zu begleiten. Wir begannen beide, uns viel von ihr zu erhoffen, zu viel.

Hamasoaka mochte um die sechzig sein. Man munkelte, er habe schon einmal gelebt und erinnere sich an alles aus seinem früheren Leben – von Zeit zu Zeit verschickte er aus dem Totemreich der Kwakiutl Briefe an ferne Stammeshäuptlinge, in denen er die weitere Verfeinerung des komplizierten Systems der indianischen Erinnerungszeremonien anregte. Ich hatte keine Ahnung, daß sich Hamasoaka noch nie aus seinem Dorf hinausgerührt hatte; daß er bei den

Delawaren auftauchte, löste vielerlei bedrücktes Getuschel aus. Daß er unseretwegen gekommen sein könnte, kam uns nicht in den Sinn – ich hätte nicht im Traum vermutet, daß Hamasoaka der einzige Indianer war, der Ühl besucht hatte.

Wie eine Klinge zerschnitt Hamasoakas heisere Stimme unser einverständliches Gespräch. »Wir legen eine Ruhepause ein«, sagte er streng. »Von nun an achten White Reindeer und Melting Ice auf mich!« Er weiß also meinen indianischen Namen, dachte ich verwundert, aber schon fuhr er fort: »Ich kenne diese Gegend seit zweihundert Jahren, und ich kenne sie besser als die Füchse und Bären. White Reindeer und Melting Ice kenne ich erst seit zwei Tagen, aber die zwei Tage kommen mir länger vor als die zweihundert Jahre. Wie kann das sein, habe ich mich gefragt, und ich habe mich hinabgelassen in eine Höhle, in der ich beinahe die Antwort gefunden hätte. Aber ich mußte umkehren; Fledermäuse kreischten mir ins Ohr, blinde Fische hörten meine leisen Schritte, nur meine jungen Brüder bemerkten nichts. Ich habe umkehren müssen, damit wir uns gemeinsam hinablassen in die Tiefe.«

Wir sahen ihn bestürzt an, aber wir hatten nicht die Kraft, ihm zu widersprechen – wir folgten ihm in die dunklen Gänge seiner Worte.

Hamasoaka löste einen Lederbeutel vom Hals, entnahm ihm ein Lederstück und strich es über den Knien glatt. Bevor er uns zu sich winkte, vertiefte er sich lange in das Lederstück – und mich beschlich derweil ein unbehagliches Gefühl wegen der plötzlichen Freundschaft mit White Reindeer. Dann überkam mich eine zunehmende Stumpfheit, mir war, als löste sich in großen Fetzen mein Inneres von mir, als würde ich immer leerer – das ist nichts für mich, dachte ich bitter und überlegte, wie ich aus der Klemme kommen könnte. Ich weiß nicht, ob White Reindeer ähnliches empfand, und dachte; er hockte wortlos hinter seinem Rucksack und quälte, wie ein ungezogenes Gör, ein Insekt. Das ärgerte mich, ich wollte ihn zur Ordnung rufen, da winkte mich Hamasoaka zu sich.

Er breitete das Lederstück, das er so lange studiert hatte, vor mir aus, und ich sah jetzt, daß es eine Karte war, überzogen von einem verwirrenden Netz aus farbigen Linien und schnörkeligen Schriftzeichen.

»Was mein Bruder sieht, das sieht kein anderer auf ähnliche Weise; wir nennen es die Karte der Seele und benutzen es oftmals zum Heilen. Eigentlich ist dies die älteste Karte, zumindest ihrem Geist nach. Ich habe sie seinerzeit Alexander Baronow gezeigt, aber es entstand ein solches Durcheinander von Linien und ein solches Labyrinth von Irrwegen, daß jeder, der sich ihnen folgend auf den Weg gemacht hätte, für alle Zeiten aus der Welt geirrt wäre. Eine lange Zeit verging, bis die Karte dem Bild in meinen Erinnerungen zu gleichen begann. Ich kann meinem Bruder nicht sagen, was er sieht, und mein Bruder kann es mir nicht sagen. Aber wer einmal darauf die verzerrten Züge seines Gesichts erblickt, der kann nicht mehr die aufgebrannten Gitter der Falten und Runzeln und Adern vergessen wie auch innen drin die Berührung des Asche siebenden Windes.«

Ich hörte schaudernd seinem verrückten Monolog zu, und in einem winzigen wachen Winkel meines Bewußtseins protestierte ich brüllend, nein, ich will es nicht sehen, weg, weg von hier!, doch dann nahm ich das Lederstück in die Hände und richtete so langsam, daß vielleicht zweihundert Jahre vergingen, den Blick darauf.

»Das ist die tiefste Höhle«, flüsterte Hamasoaka heiser, »mit dreihundertvierzig Fuß Tiefe. Kein Tier und kein Mensch vermag sich durch den engen Gang hinabzulassen; kein Tier könnte ein so langes Seil anfertigen, kein Mensch hätte genügend Kraft.«

»Aber was ist unten?« fragte ich zähneknirschend.

»Eskimos«, wurde aus der Höhle geantwortet.

Eskimos, wisperte ich in meine wund geriebenen Hände und versuchte, das Blut mit einem Taschentuch zu stillen. Ich brach fast zusammen, aber in meiner Phantasie formte sich schon das Bild; und tatsächlich, dort, wo die Karte es anzeigte, gähnte eine dunkle Öffnung. Das Licht meiner Taschenlampe wurde fast völlig vom Dunkel geschluckt. Plötzlich wollte ich fliehen, aber ich drehte mich unvorsichtig um, stieß mir den Ellbogen und empfand einen stechenden Schmerz. Ich taumelte und stolperte in die Öffnung. Dann tastete ich mich durch die vollkommenste Stille, der Weltmitte entgegen, Ühl entgegen, ich watete durch eiskalte Bäche, ich arbeitete mich, nach Atem ringend, durch beklemmende Röhren, das monotone Hämmern meines Pulses brachte mich fast um den Verstand. Im dritten Höhlensystem angekommen, sperrte ich mit klammen Händen meine gierigen Ohren zu, der Blick meiner Augen drang leer ins Nichts, aber ich kam vorwärts, Schritt für Schritt, meine Nägel brachen an den spiegelglatten Eismauern.

Ich war Tunglua, der Walroßgott, bei dessen Gebrüll die Eskimosäuglinge in ihren Eiswiegen verstummen und dessentwegen enttäuschte Jäger langsam wie Schnecken auf das starre Schneefeld kriechen, um schweigend ins Polarlicht zu blinzeln, bis sie mit zitternden Händen ihre rostigen Harpunen in unvorstellbar heißes Himmelsblut tauchen. Ich war Tunglua, und ich brüllte, weil ich den klirrenden Eiskäfig eines ausgesetzten und erfrorenen Säuglings am Ufer fand, ich schob den Käfig vor mir her und hauchte an die Gitter, damit das Eis wegschmolz, aber niemand kam, der ihn wollte. In meinem Zorn stieß ich den toten Körper vor mir her bis zur Eishütte und hinein zu den kleinen Harpunieren, sollten sie sehen im Spiegel des Eises, welchen Tod ich für sie bereithielt.

Ich fand einige klirrend hart gefrorene Sternenbanner, mit ihnen spaltete ich Eisblöcke, bis sie zerbrachen, bis die verdammten Sterne Funken sprühten. Die umherliegenden Gewehre setzte ich in eine

Pyramide, an den emporragenden Bajonetten rann langsam das müde Sonnenlicht hinab, und ich sah, wie die abgelegten Spielzeuge des Frostes Eiszapfen gleich zusammenklebten.

Ich fand einige Tote. Zwei stieß ich gegeneinander, die Köpfe rollten wie Bälle weg. Was ich erbrach, lief breit wie ein Teller, mehr und mehr drängte zuckend aus meiner Speiseröhre. Gekrümmt schleppte ich mich weiter, das Weinen unterdrückte ich, bevor es auf meinen Augen erstarren konnte. Eine Gewehrkugel hing in der Luft, mein Herz pochte – vor mir lag in ewigem Strahlen die unaustilgbare Mitte der Welt: Ühl.

Durch zwei schmale Öffnungen sah ich Wap-O, wie sie sich sinnlich wiegte am Ende zweier Lichtbündel, die das Dunkel durchbohrten, ich begehrte sie, von den Mokassins bis zum Stirnband, und ich wischte mit dem Handrücken den starren Schaum ab, der mir ins Gesicht spritzte. Ihr heißer Atem drang bis ins Zentrum meines Bewußtseins und verursachte einen unerträglichen Schmerz – »Du schreist wie im Wahnsinn«, glaubte ich sie sagen zu hören. »Und doch bin ich unsäglich erleichtert über dieses erste Lebenszeichen seit langer Zeit. Ich lege meine Hand auf deine eiskalte Stirn, und allmählich beruhigst du dich. Mit Hamasoaka kann ich nichts machen – er liegt dort, in eine Decke gehüllt, und späht mit gebrochenen Augen nach den äußeren und inneren Himmeln. Vielleicht beginnt er gerade ein neues Leben. White Reindeer ist heute nachmittag zurückgekehrt, und größer als seine Freude, mich zu sehen, war nur seine Verlegenheit; schließlich gab er zu, er sei erschrocken vor Hamasoakas und deiner Raserei und einfach weggelaufen. Die Scham führte ihn zurück. See-non-ty-a befahl mir, euch zu folgen, und als ich euch fand, hatte auch ich Angst; ich ahnte, daß nichts mehr so sein wird wie bisher. Ich weiß doch, wegen welcher Kleinigkeiten zwei Freunde sich zerstreiten können.«

»Mein Bruder Melting Ice ist wieder gesund«, sagte White Reindeer erfreut und klopfte mir sanft auf den Rücken. Gerade da blendeten mich plötzlich schmale Lichtbündel, und mein Gesicht nahm dampfend zur Kenntnis, daß Sommer war. Ich saß auf einer Fransendecke an einem besonders sorgfältig gebauten Lagerfeuer, neben mir kniete mit glänzenden Augen Wap-O.

»Ja, Melting Ice ist wieder der alte«, sagte sie lachend und drängte mich behutsam näher zum Feuer, das mit dem Sommersonnenschein wetteiferte. Ich schloß die Augen und blieb so, bis sich die Feuerstiche, die meine Haut trafen, in kaum erträgliche Hitzewellen verwandelten. Dann suchte ich nach Wap-Os Hand, und ich wollte gerade den Mund öffnen zu glühenden, schönen Worten, als sich schwer eine Hand auf meine Schulter legte; daraufhin zog Wap-O ihre schnell zurück. Sie stand auf und sagte, sie werde Tee brühen.

White Reindeer setzte sich zu mir und befragte

mich. Mir fiel alles ein – ich sah ihn an wie ein Gespenst, wie Hamasoakas verhüllten Begleiter, und es fiel mir schwer, die Abneigung, die in mir aufstieg, zu unterdrücken. Statt zu antworten, fragte ich ihn nach Hamasoaka. Wir traten zu ihm, und als ich den in seine Decke gewickelten Greis erblickte, wie er unhörbar für uns mit den Sphären sprach, konnten mir seit langer Zeit wieder straflos Tränen in die Augen steigen. Ich war niemandem mehr böse, die Anspannung löste sich, ich schluchzte, und als ich Wap-Os besorgtes Gesicht sah, hätte ich sie auf der Stelle White Reindeer überlassen wollen. Doch Wap-O kam zu mir und führte mich am Ellbogen zu meiner Decke. Ich bemerkte Verlorenheit in ihrem Blick, ihre tiefschwarzen Augen verschluckten das Gelb und Rot der Flammen.

Arme, böse Wap-O, dachte ich bitter, wir sind alle drei verloren. Ich schlief ein wie ein Betrunkener; mit der Whiskyflasche in der Hand schwebte ich in die andere Welt hinüber; die zwei Schluck, die ich getrunken hatte, hatten mich an sie erinnert; und mit mir nahm ich unvergeßlich hoffnungslose Sommernachtstimmen, auf die ich gern verzichtet hätte.

Am Morgen erinnerte ich mich an alles, aber da war als Memento auch Hamasoaka, den wir – darüber waren wir drei uns einig – in seine Heimat befördern mußten. Mit einer Axt, die wir in seinem Rucksack fanden, fällten wir einige kleinere Bäume. Wir banden sie zu einem primitiven Floß zusammen, auf dem wir Hamasoaka in seiner Decke festzurrten. Nachdem wir diese Bahre an unser Kanu gehängt hatten, paddelten wir weiter flußabwärts. Die Tiefe war stiller als je zuvor. Hamasoakas Karte steckte, wie ich am Morgen bemerkt hatte, in meiner Hemdtasche. Ich sah verstohlen nach und erkannte deutlich die Route, die wir einschlagen mußten; Zweifel hatte ich allein in bezug auf meine Reisegefährten.

Seit der vergangenen Nacht krampfte sich mein Magen im Zwang des Verzichts, sobald ich Wap-O ansah. Deshalb übernahm ich es, zu steuern, tückischen Strudeln und kantigen Untiefen auszuweichen, aber dabei blieb mir genügend Zeit, das üppige Grün der Ufer zu betrachten und aus dem Schreien eines Rentiers die versteckte Unruhe herauszuhören, und mir war sogar, als fiele mir ein Gespräch mit Baronow an der Küste ein, als wir gemeinsam den trostlosen Todeskampf der sinkenden Fregatte beobachteten. Hamasoaka hinter uns wurde immer leichter, und ich verlor mich mehr und mehr in Meditationen, mein Gehör den Außengeräuschen instinktiv verschließend. Ich merkte, daß ich müde und daß das Paddel schwer wie Blei war, so daß es mir fast den Arm abriß. Plötzlich hörte ich von der nahen Biegung des Flusses her ein Tosen, und ich bemühte mich fieberhaft, unser Kanu zum Ufer zu steuern. Wap-O und White Reindeer packten mich verzweifelt an den Schultern, aber nicht das flößte mir Kraft ein, sondern mein Ärger: Ich hatte den

Wasserfall auf der Karte gesehen, ich wußte von ihm – ich hatte ihn einfach vergessen.

Einige Meter vom Ufer entfernt glitt das Kanu noch zwischen Untiefen hindurch und dann durch eine weitere Enge, aber Hamasoakas Floß vermochte der schnellen Richtungsänderung nicht zu folgen, für einen Moment blieb es an zwei herausragenden Steinen hängen, darauf kippte es um, das aufgeweichte Tau riß, und die Strömung erfaßte das Floß. Eine Weile beobachteten wir es noch vom Ufer aus; ich weinte ihm nicht nach, Lieutenant Liam Tomlinson fiel mir ein, den vor vierundzwanzig Jahren der Strom auf ähnliche Weise in den Tod gerissen hatte. Behutsam legten wir Wap-O die Hände auf die Schultern – die letzte Zuflucht unseres Schicksals schwamm dahin.

Wap-O, Glut meiner Traurigkeit. Zweihundert Jahre waren für dich zu wenig. Hamasoaka ist vergebens deinetwegen zu den Delawaren gekommen, nur für das traurigste Totem nahm er ein geschnitztes Bildnis mit.

Ich rollte Hamasoakas Karte aus und betrachtete sie eingehend. Wenn man dem Fluß folgte und sich dann nach Norden wandte, mochten es noch zweihundert Meilen bis zum Dorf der Kwakiutl sein, und von da hatte ich noch mehrere hundert Meilen bis Fort Dawn vor mir. Wie weit mochte es gar bis Ühl sein? ... Wap-O beugte sich herab und berührte mich zart; aus dem Hexenkessel unseres Verlangens und unserer Unsicherheit strömte ein betäubender Duft. White Reindeer war weggegangen, um Holz zu sammeln – ich küßte Wap-O auf den Mund.

Am Morgen erwachte ich neben White Reindeer, Wap-Os Platz war leer. Wir sprangen auf, wie elektrisiert, und überhäuften uns mit Vorwürfen. Zwei Minuten später hockten wir verzagt am Feuer und tranken den Tee, den sie am Abend gebrüht hatte – vergebens rieben wir mit rauher Phantasie den verbeulten Topf, Wap-Os Geist wollte nicht daraus aufsteigen. Ich hatte größte Lust wegzugehen, mit Abscheu betrachtete ich White Reindeers schmutziges Hemd, seine durchgetretenen Mokassins, das zottige Haar und die rissige Glorie aus magischen Kreisen um seinen Kopf, mich lockte das Alleinsein – ich sehnte mich wieder nach Ühl, zu den Eskimos, in die Eisgrube, wo ich mit ausgehungerten Seelöwen um die kleine Frau meines Gastgebers und mit normannischen Eisräubern um die frisch schäumende, schneeweiße Renkuhmilch würde kämpfen müssen. Ich verabschiedete mich von White Reindeer, paddelte zum anderen Ufer und überließ das Boot seinem Schicksal – wer es gestrandet unterhalb des Wasserfalls findet, dem soll es gehören.

»Mit dem Sturm rückte die Küste gefährlich nahe, trotz des dichten Regens waren bereits die steilen Felsen, an der Flußmündung die verkümmerten, zerzausten Bäume und in einiger Entfernung einer massiven Mauer ähnlich der dunkle Wald auszumachen. Noch hielt sich Admiral Baronow auf der Kommandobrücke, aber er ahnte, viel Zeit würde ihm nicht mehr bleiben. Wenigstens brauchte er keine Befehle mehr zu brüllen; der Sturm spielte mit seinen Worten wie mit einem federleichten Ball und stopfte sie strudelnd den gut zwei Meilen landeinwärts hausenden Kwakiutl in die neugierigen Ohrmuscheln.

Häuptling Popol Wuh hielt sich die Hände hinter die Ohren und lauschte mit geschlossenen Augen dem befremdlichen Rumoren; schließlich suchte er das mit Totempfählen umgebene Haus auf, in dem der Medizinmann Hamasoaka wohnte.

›Weiß mein Bruder, was das bedeutet?‹ fragte er gleich in der Tür, aber auf die Antwort mußte er Jahre warten. Auf der Suche nach Verlorenem fuhr der Sturmwind dem Häuptling über den Schädel und saugte ihm das Rumoren heraus. Popol Wuh sank nieder, matte Stille machte sich breit. Hamasoaka beugte sich über ihn, er sah das Zucken seiner Augen und lächelte unwillkürlich – er wußte, wußte nur zu gut, was das bedeutete. Daß fortan er der Häuptling sein würde.

(Popol Wuh brauchte drei Jahre, um sich von seiner Krankheit zu erholen, und danach war er nicht mehr der alte. Hamasoaka fragte er nur eines: ob er damals die Geräusche gehört habe. Als Hamasoaka verneinte, verschloß sich sein Gesicht, er verriegelte das Tor der Rede und die Fenster des Hörens und ließ die Wimpern herab, durch sie spähte er hinaus. Am selben Tag ging in der Nähe ein russisches Kriegsschiff vor Anker, man forschte nach Schiffbrüchigen. Da geschah es endgültig, daß Popol Wuh verschwand.)

Hamasoaka rief die Männer zusammen, wählte die geschicktesten und die kräftigsten aus und machte sich mit ihnen auf den Weg in den stürmischen Nachmittag. Den Weg bestimmte er, indem er sich stark auf das Gehörte konzentrierte. Er sagte den Männern nichts, und sie fragten ihn nichts; sie fürchteten ihn schon lange. Er sei bis zum Alter von zwölf Jahren ein Schwachkopf gewesen, hieß es, und er habe keinerlei Erinnerung an seine Kindheit. Einundzwanzig Jahre vorher, gerade als die Sonne aufging, war Popol Wuh auf den Dorfplatz gekommen und hatte ihn gefunden: Hamasoaka hatte während der Nacht mit seinem Tomahawk ein Gesicht in Holz gehauen, das seither jeder Kwakiutl kannte, das Gesicht des Menschenfressers vom Nordweltende, ein Gesicht voller abscheulicher Gier.

Sie gingen, einer hinter dem anderen, den Pfad, der zur Mündung führte. Voran ging ihnen Hamasoaka, und das beruhigte sie – jetzt endlich akzeptierten sie ihn als ihren Häuptling. ›Er kann mit dem Ungeheuer sprechen‹, flüsterten sie sich zu, ›er hat es von nahem gesehen, und doch ist ihm nichts zugestoßen.‹

Hamasoaka sann unterwegs über das Rumoren

nach und deutete es als Stimmen: als unentwirrbar weiche und schroffe Stimmen in einer Sprache, die keiner der indianischen und eskimoischen Sprachen ähnelte, die er kannte. Aber er witterte in diesen Stimmen auch eine Gefahr, in ihnen klang etwas mit, das er nicht kannte. Er trieb seine Gefährten zur Eile an, alsbald gelang es ihm auch, den Regenschleier zu öffnen, und da sahen sie, wie am Ufer ein Mann mit einem spitzen Stock in der Hand das Meer beweinte.

Alexander Baronow schämte sich unsäglich, daß allein er die Katastrophe überlebt hatte, doch bald fand er Trost darin, daß er dieses unbekannte Land für sein Vaterland in Besitz nehmen konnte. Nachdem er die Fregatte ›Zarin Katharina‹ mit seinem Degen würdig verabschiedet hatte, wandte er sich seufzend dem Landesinnern zu und erblickte die Indianer, die ihm, dem sonderbaren Fremdling, stumm ihre Ehrfurcht bezeugten. Mit seiner durchnäßten Kleidung, der hellen Hautfarbe und dem Tang, der ihm von den Schultern hing, erinnerte er keineswegs an den Menschenfresser, vor dem sie – Hamasoaka hin, Hamasoaka her – ständig zitterten. Hamasoaka betrachtete ihn mit zusammengekniffenen Augen; er empfand nicht Enttäuschung, sondern eher Schmerz. Als hätte ihn seine Intuition im Stich gelassen, witterte er keinerlei Gefahr. Das war ja nur ein Meermann, den Wale und Delphine ans Ufer getrieben hatten, vielleicht, weil er sich Frechheiten herausgenommen hatte. Er trat auf ihn zu und wiederholte fehlerfrei die rumorenden Stimmen. Baronow fiel der Degen aus der Hand, er sank auf die Knie und begann zu beten, dann erhob er sich mit feierlicher Miene, schlug mit dem Degen in die vier Himmelsrichtungen und erklärte Alaska zu russischem Besitz.«

Ich lag im Gras, gaffte zum Himmel und dachte an Wap-O. Wie lange ich so lag, ob zehn Minuten oder zwei Stunden, weiß ich nicht. Während dieser Zeit aber trieb das Kanu den Wasserfall hinab und blieb unten im breiten und seichten Becken zwischen den rundgeschliffenen Steinen stecken, fast an der gleichen Stelle wie Hamasoakas Floß. Als ich das Kanu und das Floß erblickte, stieg Ärger in mir hoch; nicht nur, daß ich Wap-O verloren hatte, nun mußte ich mich auch noch um Hamasoakas Heimkehr kümmern. Ich spähte zum anderen Ufer, ob White Reindeer zu sehen wäre, aber vergebens. An Land brachte ich die Schleppverbindung zwischen dem Kanu und dem Floß in Ordnung, darauf ließ ich unter den Blicken des patschnassen und bereits in Verwesung begriffenen Hamasoaka das Kanu wieder über das Wasser tanzen. Nicht lange, und ich hatte den richtigen Rhythmus gefunden; wir kamen schnell voran. In ein paar Tagen würden wir den Ozean erreichen. Ich war so allein, wie ich es mir gewünscht hatte; Wap-O flog auf das kümmerliche Bäumchen meines Bewußtseins und steckte den Kopf unter die Flügel; mein Paddel befehligte das Heer der unbändigen Wellen wie ein Gott.

Ein unbehaglich kühler Nordwind kam auf, mir blieb nichts weiter übrig, als zum Ufer zu lavieren; das ist der Mongolenwind, fiel mir ein, er braust über die Mandschurei und Kamtschatka hinweg nach Alaska herüber und dann nach Süden. Eine Wolke, die wie ein chinesischer Drache aussah, stürmte über mich hinweg, Dschunken und Kurgane folgten ihr, ich hörte Geschrei und Kamelgebrüll, Wüstenstaub legte sich auf mein Gesicht. Minuten später war der Orkan vorüber, zwischen meinen Zähnen knirschte Sand.

Zwei Männer waren unterwegs zum Fluß, aufgebrochen waren sie vor hundert Jahren in New Orleans. Sie hatten ungeschickt geschnittene, schmutziggraue Bärte, die ihnen bis zur Brust reichten, und in ihrer schwarzen Kleidung und mit den Ledertaschen über der Schulter wirkten sie wie verdrehte Schriftgelehrte, die es mit dem Eifer der Gerechten zum Gerichtstag der Tiere trieb. Die beiden Männer waren unwahrscheinlich alt, und sie gehörten einer alten Gemeinschaft an. Bruder Smith, der eine von den beiden, wischte sich den Schweiß von der Stirn und stimmte, nachdem er Bruder Joe, den anderen von den beiden, zu größerer Eile aufgerufen hatte, ein längeres Gebet an, das wie gewöhnlich mit einem Gelöbnis endete: »Und wir versprechen, daß wir deinen Mörder, der dich uns für die Ewigkeit geraubt hat, gefangennehmen und gebührend bestrafen werden, amen.« Joe sprach die in hundert Jahren unzählige

Male hergesagten Schlußworte so andächtig wie beim erstenmal, am Leichnam des Propheten kniend. Da sprudelte noch Blut aus der Wunde, die erboste Menge hatte sich schon verlaufen, der Sheriff putzte gedankenverloren seinen Stern, nur die Seelen von Smith und Joe litten noch unter dem unwiederbringlichen Verlust. Die Augen gen Himmel gerichtet und ihren Engel als Zeugen anrufend, so hatten sie geschworen, daß sie den Mörder schnappen würden. Der mürrische Sheriff beobachtete sie neugierig, sie waren schwächlich, anscheinend lungenkrank, und zum erstenmal im Leben ging ihm durch den Kopf, daß der Glaube womöglich über die Grenzen des Alters hinwegspringt. Die beiden Brüder hatten sich von ihren zehn Ehefrauen verabschiedet und waren, sich auf ihre Eingebung verlassend, hinausgeschritten in die von Büffelkadavern dampfende Prärie.

»Bruder Joe, bemerkst du auch den bestialischen Gestank des Flusses, den Aasgeruch all der krepierten Fische im fauligen Wasser?« fragte Smith und genehmigte Joe und sich endlich eine Rast. Joe sank auf einen Baumstamm und schlief sofort ein; er träumte von seinen Frauen, auf die er seit vierzig Jahren verzichten mußte, weil es in der Gemeinschaft keine Vielweiberei mehr gab. Man hatte sie am Nordwestrand des Felsengebirges aufgegriffen und ihnen das Schreiben unter die Nase gehalten. Sie hörten sich den Bericht über das neue, blühende Städtchen inmitten der Berge mit tauben Ohren an, dann unterschrieben sie ihren Abschied von den milchduftenden Brüsten. Sie ließen sich waschen und sich Haar und Bart stutzen, zum erstenmal seit langer Zeit aßen sie wieder Warmes, aber als man ihnen unter die Schultern faßte und ungeduldig zu den stampfenden Pferden führen wollte, rann ihnen schäumend Speichel die Bärte hinab, und mit stählernen Sehnen stießen sie die Neophyten weg.

Joe weilte jetzt zu Hause, auf dem Bock des Ochsenkarrens dösend, hörte er rundherum die Seiten, und im Halbschlaf sah er, wie der Wind in dem Buch blätterte, das er als Ansporn vom Propheten bekommen hatte. Joe merkte nichts von Gestank oder Aasgeruch. Smith jedoch machten die Gerüche zu schaffen – der Atem des Todes ließ ihn schaudern, und er hätte schwören mögen, daß es in der Nähe eine Leiche gab. Mit einem verächtlichen Blick auf Joe, der schlummerte wie ein Kind, ging er geräuschlos auf Erkundung.

Ich bückte mich, um mir den Mund auszuspülen – im Spiegel des Wassers gewahrte ich bestürzt, daß ich mich kaum noch erkannte. Schnell wusch ich mir den Schmutz aus dem Gesicht, als müßte ich mich vor Wap-O schämen, und eilte zum Kanu zurück. Dort fand ich einen absonderlichen alten Mann, zürnend musterte und betastete er das Paddel. Als er mich erblickte, stieß er den knochigen, trockenen Zeigefinger vor, deutete auf Hamasoakas Bahre und donnerte: »Sohn des Satans, wie schauerlich, was soll das hier?«

Ich nahm alle Ernsthaftigkeit zusammen und trat zu ihm, und da ich ahnte, mit wem mich der Zufall zusammengeführt hatte, teilte ich ihm bedächtig mit, was sich ereignet hatte, nahm ihm das Paddel aus der Hand und erkundigte mich besorgt nach seinem Begleiter. Ich hatte irgendwo von den beiden umherziehenden Predigern gelesen, aber nie geglaubt, daß sie wirklich existierten. Gemeinsam gingen wir zu Joe zurück, der uns, trockenes Brot knabbernd, erwartungsvoll entgegensah.

»Hast du, Eskimobruder, von unserer Kirche gehört?« fragte Smith und kniete auch schon nieder, um zu beten. In seinem Gebet ging es um das Seelenheil Hamasoakas, was mich ärgerte – Hamasoaka gehörte mir, samt Leib und Seele, obendrein war er älter als diese beiden Einsiedler zusammen, und er hatte den Menschenfresser, einst von ihm so meisterhaft geschnitzt, vor den anderen versteckt, damit sein Wissen ihnen keinen Schreck einflößte. Smith stellte mir Fragen, ich konnte ihnen schwerlich ausweichen, ich mochte nicht lügen. Ich erwähnte Ühl, und da wurden sie springlebendig. Sie wollten mit mir kommen, der Mörder sei nur bei den Eskimos zu finden, dort, in den Landschaften mit Temperaturen unter dem Nullpunkt, suche ihn niemand. Begeistert redeten sie sich unsere gemeinsame Reise geradezu ein, Smith' Stirn legte sich gedankenvoll in tausend Falten, Joe spann erhitzt seine Träume immer weiter; vielleicht verwechselte er die Geisterbilder des Todeskampfes mit Träumen, die in den vergangenen hundert Jahren das höchste waren, was ihm zuteil wurde.

Sie ließen sich leicht überreden, die Nacht hier zu verbringen. Ich ordnete beim Licht der untergehenden Sonne meine Notizen und fügte neue hinzu. Hamasoakas Geruch wurde immer unerträglicher – als wollte er mich zur Eile mahnen. Bevor sie einschliefen, sannen Smith und Joe laut über die Eisfelder, über umherziehende Mammutherden und über Verbrecher nach, die im Eisgestrüpp lauerten. Bald nahm ich für immer Abschied von ihnen. Ich deckte sie zu, legte ihnen meine restlichen Konserven hin und stieg ins Kanu. Erleichtert ließ ich mich von der Strömung tragen, Hamasoakas verlassener Körper wehte wie eine Fahne hinter mir her.

»Hamasoaka bewirtete Baronow in seinem Haus; sie rieben seinen Körper ab, legten ihm Pelze an und zeigten einander lachend seine Kleidungsstücke, bevor sie sie ins Meer warfen. Seinen Degen jedoch behielt er, den gab er nicht her. Hamasoaka bestaunte ihn neugierig, dann sah er, wie Baronow damit eine trächtige Hündin aufspießte, und später sah er, wie Baronow mit seinem Degen Popol Wuh den Schädel spaltete und aus dem Boot stieß – er vergrub Popol Wuh, sollten die anderen glauben, das Schiff habe ihn mitgenommen. Baronow begann Hamasoaka die russische Sprache zu lehren, und Hamasoaka erwies sich als guter Schüler; seit er in den Worten des Ankömmlings wieder das Drohende spürte, konzentrierte er sich mit seinem ganzen Wesen auf ihn. Sie zeigten ihm die Totempfähle, Hamasoaka konnte bald mit ihm über die Glaubenswelt der Kwakiutl sprechen, während Baronow ihm von der Zarendynastie erzählte. Aus Langeweile brachte er ihm das kyrillische Alphabet bei, zweimal vergewaltigte er junge Mädchen und erwürgte sie dann, Hamasoaka verdächtigte ihn, aber er konnte ihm nichts beweisen. Baronow merkte, wie er allmählich seine kulturellen Hemmungen verlor, aber er versuchte gar nicht erst, sich dagegen zu wehren; er sah seine Gefangenschaft (denn als eine solche faßte er den Aufenthalt bei den Kwakiutl auf) als endlos und unabänderlich an und träumte nicht mehr davon, wie er Alaska der Monarchin übergeben würde. Im Frühjahr erkundeten sie das Schiffswrack; Hamasoaka sah verwundert, daß das gesamte Dorf darauf Platz gefunden hätte, Baronow betrachtete mißlaunig die an Land getragenen Dinge. In Gedanken stand er breitbeinig auf dem Deck und zerschoß das Drecknest der Kwakiutl, zuallererst Hamasoaka, der ihn unablässig daran erinnerte, daß aus dem russischen Admiral auf der ›Zarin Katharina‹ ein in Felle gehüllter, monströser Menschenfresser geworden war. Von allem, was ihm Hamasoaka erzählte, interessierte ihn nämlich allein der Menschenfresser vom Nordweltende, immer wieder ließ er es sich wiederholen und erklären, aber er konnte Hamasoaka nicht dazu bewegen, daß er ihm irgendeine Abbildung zeigte. So fand er immer viehischer sein Vergnügen daran, sich an der Stelle des Ungeheuers zu sehen, wie er einen Stamm nach dem anderen auffräße, ganz Alaska. An den Abenden setzte er sich zu den Indianern, hörte ihrem unverständlichen Kauderwelsch zu, begaffte haßerfüllt und sehnsüchtig die umherhuschenden Mädchen, übte unsichtbar das Zähnefletschen und Brüllen oder unternahm lange Gänge in die Wälder, den Degen in der Hand, um die uralten Geister aufzuspießen. Nur dann fiel ihm Sankt Petersburg ein, und er war froh, daß er die Tage und Monate nicht wußte, daß er nicht denken konnte: Gerade jetzt veranstaltet in seinem zu diesem Anlaß in eine Eisgrube verzauberten Palais Fürst Puschkin einen Ball, und in frostig eleganten Kostümen kommen die kältesteifen Damen hereingeschwebt. Sein Glück, daß er die Tage nicht wußte, sonst hätte er sich verzehrt vor Verlangen, dem Fürsten seinen poetischen Ziegenbart zu zerzausen, bis zum Schweißausbruch der Gräfin Anna nachzusetzen, die unter all den Schönen der Eissoireen mit ihrer unnachahmlich abweisenden Toilette herausragte, und den General Borodino zu besiegen, der als alleinigen Herrscher nur den Winter anerkannte. Hamasoaka folgte seit den beiden Morden Baronow wie ein Geist auf seinen abendlichen Gängen, entsetzt las er in seinen kyrillisch wogenden Gedanken – er fürchtete, über kurz oder lang werde der Fremdling dem Wahnsinn verfallen. Deshalb entschloß er sich, ihm die uralte Karte mit den vielfach vernetzten Irrgängen der Welt zu zeigen, vielleicht würde Baronow einen kaum bemerkbaren Durchschlupf entdecken und flüchten.

Der Admiral blickte auf die Karte, sein Gesicht verzerrte sich, wurde nach einigen Augenblicken aber so glatt wie die feierliche Maske eines Toten vor der Beerdigung. Danach hob Hamasoaka das unbrauchbar gewordene, zerstörte Lederstück noch jahrelang auf.

Am Tag darauf ging nahe dem Ufer ein russisches Kriegsschiff vor Anker – Alexander Baronow wartete genau dort auf sie, wo sie an Land kamen, dann spaltete er zur Verblüffung der ihn überschwenglich begrüßenden Matrosen dem am selben Tag zu Bewußtsein gekommenen Popol Wuh den Schädel und schrie, daß es weithin zu hören war: »Er wird kommen, der Menschenfresser vom Nordweltende, er wird noch kommen!«

Ich brauchte nicht auf die Karte zu schauen, um zu wissen, wo ich anlegen und welche Richtung ich zum Dorf der Kwakiutl einschlagen mußte, ihren toten Medizinmann mit mir schleppend, um zu erfahren, wo er das Abbild des Monstrums versteckt hatte. Mit dem Tomahawk bahnte ich mir den Weg durch das Dickicht, mein Hemd war zerfetzt, mein Haar zottig, die salzige Brühe des Schweißes fiel mir in dicken Tropfen in die blutunterlaufenen Augen. Ich hieb wie wild zu, das scharfe Eisen zertrennte Stricke, kreischend kamen die bronzehäutigen Dämonen frei und entschwanden nach Süden, um hinabzustoßen auf den Todestanz der spanischen Konquistadoren und im Verein mit Geistern der Azteken, Inka und Maya lehmige, gelbliche Schädel zu skalpieren. Brüchige Hornhufe von Büffelriesen stießen sich ab von meiner Stirn, ihr Donnern weckte die geschundenen, modernden Farmer in den verfaulten Holzsärgen tief im fettigen Erdreich, müden und langsamen Schritts zogen sie zu den himmlischen Jagdgründen, damit sie zur Sühne für ihre Sünden zertrampelt würden. Und dann stand ich auf einmal vor dem Steinhaufen, keuchend nach dem Laufen, ächzend, stöhnend, Hamasoaka fiel gewichtslos zu Boden, Spinnen hatten Netze in seine Augenhöhlen gewoben, über seine Kinderhand lief winselnd ein Skunk mit seinen Jungen, ich begann, die Steine abzutragen, bis der Grund erreicht war, und dort fand ich in einer Aushöhlung einen schartigen Degen, auf der rostigen Klinge in unvollendeter Reihe kyrillische Buchstaben.

Ich hörte Hamasoakas schreckliches Röcheln und Rascheln im trockenen Laub und den dumpfen Fall der abgestreiften haarigen Spinnen, ich nahm den Degen und ging auf das Dorf zu.

Am ersten Haus angekommen, verlangsamte ich unwillkürlich die Schritte; die knarrend auf und zu schlagende Tür, ein unter grünen Schlingpflanzen fast verschwundener Totempfahl und ein erschrocken ausreißender Fuchs schienen mir Gefahren anzukündigen. Ich trat ein. Auf schmutzigen

Lumpen lag in der Ecke ein Hund mit leuchtenden Augen; er versuchte auf zittrigen Beinen zu mir zu kommen, zwischen den Zähnen rann Schaum aus seiner Schnauze; plötzlich blieb er wie erstarrt stehen, mit offenen Kiefern, mit gläsernen Augen. Ich wich zurück, hinaus aus der Hütte, das krepierte Tier überließ ich der Verwesung. In meinen Ohren hallte der Engelsgruß des Verfalls. Ich zerrte meinen dicken Pullover aus dem Rucksack und wickelte ihn als lächerlichen Schutz gegen tollwütige Tiere, mit denen ich rechnete, um den linken Arm; in der rechten Hand hielt ich den schartigen Degen. Die anderen Häuser sah ich mir nicht an, ich war überzeugt, daß sich mir ein ähnlicher Anblick bieten und ich kein Lebewesen vorfinden würde; wann die Bewohner verschwunden waren, ob vor zwei Tagen, vor einem Jahr oder vor zweihundert Jahren, hoffte ich in Hamasoakas Hütte zu erfahren.

Sie stand am Festplatz, vor dem Eingang zwei Totempfähle, riesig und mit zähnefletschenden Köpfen; obgleich die Farbe von den großen, weit aufgerissenen Augen geplatzt war, wandte ich schaudernd den Blick ab. Die Tür war geschlossen, mir schlug das Herz im Hals, als ich sie aufstieß – aber ich trat nicht ein. Das Innere war verwüstet: die Kisten ausgeschüttet, die Pelze zerschnitten, am Seitengebälk die Spuren von wütenden Axtschlägen, Hamasoakas Reliquien zertreten. Seine Aufzeichnungen, verschmutzt, mit Kot beschmiert, bedeckten den Boden. Die Gesichter seiner geschnitzten Figuren hatte jemand mit einem unbekannten Werkzeug verunstaltet, als hätte er unter der Holzhaut nach etwas gesucht. Gedankenlos betrachtete ich das Werk des Wahnsinns, mein Verstand flog auf und über die Dinge davon, setzte sich dem Vater zur Rechten und vertiefte sich mit einem himmlischen Fernrohr in den Anblick. Er sah, wie ich aus der Tür wankte, die ausgetrocknete, von Huf-, Menschen-, Bären- und Monsterfährten gezeichnete Schlammwüste durchquerte, einen Pfad entlang hinab zum Meer stolperte und dann frischen, deutlichen Spuren folgte, die nach Norden führten.

Der Himmel dröhnte vom besorgten Geschrei, das Fernrohr bebte, und in der Linse erschienen die dicken Palisaden von Fort Siska, errichtet im Jahr 1802.

»Wrangel der Tschuktsche, Generalgouverneur von Alaska und Befehlshaber des Forts im Namen des Zaren, zeigte seinen tatarischen Rekruten zum erstenmal Indianer. Seine Bedenken, die Tataren könnten sich zu einem freundschaftlichen Umgang mit den Gefangenen hinreißen lassen, zerstreute er, indem er sich eine grausame Folter ausdachte. Er stellte sich vor die angetretenen Soldaten und musterte sie grimmig.

›Einmal sind alle Nomaden gewesen‹, begann er mit Hohn in der Stimme, ›euch brauche ich das wohl nicht auseinanderzusetzen. Kinder an die Wand werfen, Frauen zu Vieh machen, Feinde zwischen zwei jungen und biegsamen Bäumen zerreißen – euren Ohren klingt das vertraut. Doch die hier‹, er deutete auf die gefesselt daliegenden Indianer, ›sind noch teuflischer. Die hier sind Verräter. Seht euch ihre Augen und ihre Hautfarbe an, vergleicht die Schädelmaße!‹ Er zückte ein Meßband und maß den Schädelumfang erst eines Indianers, dann eines Tataren. Die Ergebnisse stimmten genau überein. ›Die hier sind aus Asien gekommen und haben alles vergessen. Sie hassen euch, weil sie sich bei eurem Anblick allmählich an die Wüste Gobi, den gewaltigen sibirischen Tiger und den kribbelnden Nieswurz der unendlichen Tundren erinnern. Sie hassen euch, weil sie eigentlich auch nicht mehr wissen, was ein echter Indianer ist – von denen vielleicht kein einziger‹, und er schlenderte an den Gefesselten entlang. ›Sie hassen euch, weil sie in der Vermischung mit den mißgestalteten Ureinwohnern die günstigen Eigenschaften ihrer Urrasse verloren haben. Es ist nur eine Methode bekannt, mit der wir annähernd ihr Indianertum feststellen können – sie ist bei den bänglichen Stämmen unter dem Namen Sonnentanz verbreitet und geht zurück auf den kamtschadalischen Schamanen Hamasoaka.‹

Auf seinen Wink zerrte sein Adjutant einen Indianer hoch, riß ihm die Kleidung vom Oberkörper, durchstach mit einem Messer die Haut an der Brust, zog eine Schlinge durch die blutende Wunde und hängte ihn an den Haken, den sie am Morgen in den frisch gezimmerten Galgen geschlagen hatten.

›Das also ist die Indianerprobe.‹ Zufrieden ließ er den Blick über die heftig schluckenden Rekruten wandern. ›Wer es eine Stunde klaglos aushält, hat noch etwas vom alten Asiatischen in sich. Aber hütet euch!‹ Und sein Blick verdüsterte sich wieder unheildrohend. ›Sollte herauskommen, daß irgendeiner von euch mit diesem unreinen Pack auch nur für kurze Zeit Verbindung aufnimmt, muß ich ihn festsetzen lassen. Mir wäre es unlieb, wirklich unlieb, wenn echte tatarische Kämpfer mit löchriger Brust vor meinem Fenster baumelten!‹«

Keuchend bleibe ich stehen – vor mir ragen die Palisaden einer Befestigung hoch, auf dem Turm bläst der Hornist sein Signal. Ich ducke mich ins Gebüsch und bestaune das Panorama von Fort Siska, das ich aus zeitgenössischen Darstellungen so gut kenne, die pelzbemützten Tataren, die mit Bajonetten an den Schießscharten stehen, und das indianische Zeltlager, das sich wie ein schmutziger Rock zu Füßen des Forts ausbreitet.

Ich rufe mir ins Gedächtnis, was Hutchinson in seinem Buch schreibt: »Fort Siska wurde 1868 von der amerikanischen Armee übernommen. Der Besitzwechsel ging ohne Konflikte vonstatten. Lieutenant Liam Tomlinson, trotz seines jugendlichen Alters zum Militärgouverneur von Alaska befördert, erklärte die Befestigung 1895 für strategisch bedeutungslos, weshalb das einzige wichtige Denkmal der Zarenherrschaft 1899, nach der Fertigstellung der nördlichsten Befestigung, Fort Dawn, niedergebrannt wurde.«

Schwitzend richte ich mich auf und nehme mich instinktiv in Augenschein: meine Kleidung zerrissen, die Mokassins durchgetreten, das Gesicht von einem wilden Bartwuchs bedeckt, das Haupthaar so verknotet, daß die Finger es nicht kämmen können. Ich habe seit zwei Tagen nichts gegessen.

Zum erstenmal, seit ich Chicago verlassen habe, zweifle ich an meinem Verstand – zum erstenmal stehe ich niedergeschlagen vor der unfaßlichen Größe des bevorstehenden Augenblicks. Ich bete, mein Verstand möge zurückkehren, heißer Urin rinnt mir die zitternden Beine hinab.

»Als der Jesuitenpater Isaac Jogues knapp dem sicheren Tode entronnen war, begab er sich, obwohl keine äußere Veranlassung vorlag, von neuem unter feindliche Indianerstämme, um den Tod nicht zu verfehlen.

In Kanada, das mit dem Pariser Vertrag von 1763 in den Besitz Englands übergegangen war, fanden sich die französischen Jesuiten unerwartet in einer ähnlichen Situation wieder wie die Indianer – sie waren nun ebenso heimatlos wie diejenigen, die sie bekehrt hatten. Der Pater gehörte übrigens zu den wenigen in seinem Orden, die es nicht störte, wenn das Indianergesindel, wie man sich angewidert ausdrückte, in der Kirche krakeelte und furzte. Sein Blick reichte viel weiter.

Er verließ die Missionsstation am Huronensee am 2. September 1766, so puritanisch gekleidet, wie es üblich war, was er mit einer gewissen Feierlichkeit noch unterstrich: Außer seinem schwarzen Ordensgewand, das seinen hageren Körper eher nur bedeckte als schützte und im indianischen Sommer sein Bedürfnis nach Askese für Augenblicke auf das höchste befriedigte, und einigen englisch- und indianischsprachigen Bibeln nahm er nichts mit. Er verließ die Zivilisation barfüßig und verabschiedete sich unter Tränen von dem Kruzifix am Wegrand – er berührte die Wunden Jesu im sicheren Bewußtsein des Märtyrertums.

In den Ohren hatte er noch die schmerzerfüllten Worte des Missionsleiters: ›Unsere Sonne ist untergegangen, aber den klaren Mißerfolg verdeckt wenigstens ein Vertrag. Die Indianer sind nicht zu bekehren – die ansteckenden Sätze unseres Bruders Le Mercier zeugen von einem erschreckenden Mißverständnis: Es bedeutet ein unaussprechliches Glücksgefühl für uns, in der Mitte der Barbarei das Brüllen der Dämonen zu hören und zuzusehen, wie sich Hölle und Erde in ihrem Kampf gegen eine Handvoll Männer verbünden, die nicht einmal bereit sind, etwas für ihre Verteidigung zu tun. Nein, wir werden die Indianer nie bekehren, denn dazu müßte auch zu ihnen der Jesus Christus kommen, der mit jedem Volk in dessen Sprache spricht. Was Le Mercier hörte, das war die fürchterliche Stimme seines eigenen Dämons. Die Huronen, die Irokesen, die Cherokee und all die anderen Stämme, deren Namen man sich nicht merken kann, werden uns eines Tages die Frage stellen; und wenn wir noch Ohren haben, sie zu hören, wird die Gemeinde ihr Bestehen mit einem einzigen Satz rechtfertigen können: Wir sind durch die Welt gegangen in der Einsicht, daß wir nie auf Kreuz, Nägel oder Dornen stoßen, ohne Jesus Christus zu begegnen.‹

Pater Jogues wischte sich die Tränen ab und machte sich energischen Schritts auf den Weg in den Wilden Westen. Die Irokesen, von deren Marterpfahl ihn eine Woche vorher ein Überfall der Huronen befreit hatte, und die Huronen, denen die Engländer mit einem Feldzug drohten, interessierten ihn nicht länger. Sein Blick reichte weiter. Er suchte den Tod unter Indianern, die noch nie einen weißen Mann gesehen hatten, die sich sein unverständliches Kauderwelsch würdevoll und abweisend anhören würden, die ihn töten würden, weil sie in seinen Gesten die Verheißung der Ewigkeit wahrnähmen.

Den Indianern, so sinnierte der Pater, imponiert nur eine Art von Vollkommenheit: die sinnlose Todessehnsucht, die mehr ist als Askese. Wir können nicht mit ihnen wetteifern im Hungern, in der Körper und Seele peinigenden Meditation, in der Selbstkasteiung und im Gesang, und wir können ihnen nicht die Trapper und Farmer als Beispiel hinstellen. Dieser Weg ist nicht begehbar. Die Augen mit der Hand beschirmend, ersah er sich eine Anhöhe aus, von der er die Gegend überschauen könnte. Am

Rücken und an den Handgelenken schmerzten noch die Wunden von den straffen Stricken, besonders aber brannte sein linkes Ohrläppchen, das ein Pfeil Tanguas an den Pfahl genagelt hatte.

Um sie zu bekehren, fuhr er in seinen Gedankengängen fort, müßte sich die ganze Welt verändern. Es bleibt also das scheinbar wahnsinnige persönliche Opfer, der Tod, in den sie uns sicherlich nicht folgen, aber der Leichnam ist – und er stand nun, nach Atem ringend, auf der Anhöhe –, um es mit den Worten des Scotus Eriugena zu sagen, ein so überzeugend, so kompakt realer Anblick und so verschieden vom Lebendigen, daß wir, sofern wir behaupten, daß der Leichnam existiert, das Leben als nicht existierend bezeichnen müssen. Die für Absurdes sehr empfänglichen Indianer – er betrachtete die blaue Gebirgskette in der Ferne – haben jedoch keine adäquaten Begriffe zur Auflösung dieser Aporie. Ihre wachsende Unsicherheit wird deshalb eine Stufe erreichen, auf der sie nicht mehr beerdigen und nicht zeugen werden, vergebens werden ihre Schamanen ihnen kräftige Tees aus einem Gemisch von Thymian, Färbermalve, Holunderbeeren, Lindenblüten, Ingwer, Zimt und Nelke einflößen, die beklemmende Todesfurcht gibt sie nicht frei. Und dann kommt unsere Zeit! Seufzend stieg er die Anhöhe hinab, mit seinen Bibeln ungeschickt zwischen den Büschen und Sträuchern das Gleichgewicht haltend, ärgerlich über die Dornen, die sich in seine Sohlen bohrten.

Sir Cooper, der gewissenhafte englische Vizegouverneur, forschte jahrelang nach Pater Jogues – außer Neugier und persönlicher Sympathie für die Jesuiten hatte er noch einen wichtigen Beweggrund. Bald nach seiner Ankunft, als ihn ein Schiff den Sankt-Lorenz-Strom aufwärts trug, war ihm schwindlig geworden von einer plötzlichen Erkenntnis. Todeserotik befiel ihn, und als er sich gefährlich tief über den Wasserspiegel bückte und seinen wogenden Schädel betrachtete, der ihn mit gelblichen Stummelzähnen angrinste, konnten ihn Begleiter erst im letzten Augenblick zurückreißen – seine Lippen, rissig vom Verlangen, hefteten sich unbefriedigt an die Wandung des Glases mit dem Erfrischungsgetränk.

Doch die Pelzjäger und später auch die angeheuerten Indianer wußten nur von einigen aus dem Laub der Wälder gebauten Barockkirchen und geschnitzten Christusgestalten am Rand der Kriegspfade zu berichten. Der Pater blieb verschwunden, weder Belohnung noch Drohung führten zu Nachrichten, bis sich schließlich Sir Cooper, dessen sich die Krankheit immer stärker bemächtigt hatte, eines Nachts mit unvorstellbarem Kraftaufwand an ein Fenster seines Quebecer Palastes nagelte; entgeistert lasen am Morgen die herbeigeströmten Franzosen, Engländer und Indianer den zerfetzten, menschengroßen Liebesbrief.«

Man stieß mich zu den Indianern, warf mir ein Stück Brot hinterher und verschloß die Tür. Im Gegensatz zu ihnen war ich nicht gefesselt. Ich sank neben der Tür zu Boden und fiel gierig über das Brot her. Während ich aß, betrachtete ich die Indianer.

Sie hockten zusammengedrängt unter dem kleinen Fenster des Verlieses und zuckten bei jeder Regung von mir zusammen; sie sahen aus wie Tlingit, unter ihnen waren zwei Kinder. Ich versuchte nicht erst, mich mit ihnen zu verständigen, da ich merkte, wie sehr sie sich vor mir fürchteten. Ich schloß die Augen und flehte meinen Verstand an, er möge zurückgeflogen kommen; dann überkam mich wilder Zorn, ich fletschte die Zähne und trommelte an die Tür.

»Die Streitigkeiten zwischen Erik dem Roten und seinem Sohn Leif Eriksson erreichten wegen der Schiffe ihren Höhepunkt. Die beiden Männer, stark wie Bäume, der eine mit brennend rotem, der andere mit schlohweißem Haar, gerieten fast aneinander, als sie im unlängst fertiggestellten Pfahlhafen von Brattahlid die neuen Meisterwerke des Zimmermanns Gunnarsson besichtigten, die ruderbaren Kvalsunds und Nydams.

Leif stieß den stolzen Zimmermann aufgebracht beiseite, und Erik an den Schultern rüttelnd, schrie er: ›Mit Gokstads und Osebergs ist mein Vater hierher gekommen, ans Ende der Welt, der Sturm hat die Segel zerfetzt, und er hat die Bodenplanken gesegnet, als er nach dem großen Unwetter die Felsenküste Grönlands erblickte. Wir würden heute noch mit Rudern in den Fjorden herumplätschern und ein Jahr brauchen, um von Haithabu nach Uppsala zu kommen. Wir haben Bäume gefunden, mit denen wir die Schäden ausbessern und neue Schiffe bauen konnten – aber warum bloß, Vater, hast du Nydams, langsame und träge, plumpe Kvalsunds bei Gunnarsson bestellt, willst du, daß wir hier zugrunde gehen?‹

Erik befreite sich mürrisch von Leifs Händen; seit seiner Verbannung war ihm alle Lust am Streiten vergangen. ›Die Rückkehr nach Island, nach Thingvellir oder auch nach Nidaros ist unmöglich, wer sie versucht, kann ein Oseberg, ein Nydam oder ein Stück Brett nehmen, es bleibt sich gleich. Es ist eine Frage des Glücks. Ich werde es nicht wieder versuchen. Mir genügt es, in Brattahlid am Leben zu bleiben. Aber wer will, der mag gehen – ich werde niemanden zurückhalten.‹ Mit diesen Worten kehrte er Leif den Rücken und begab sich mit Gunnarsson auf die Probefahrt.

Leif beobachtete spöttisch den schaukelnden Nydam, er sah seinen Vater krummrückig – wie ein Riese des ausgerotteten Waldes, dachte er –, er spuckte verbittert aus, dann eilte er zu Haakon Haakonsson, um mit ihm die brauchbaren Männer zusammenzuholen.

Die meisten hatten genug vom Meer, vom Hunger und vom salzigen Wind; sosehr Leif und Haakon auch höhnten und drängten, sie konnten kaum vierzig Mann zu der Reise überreden. Anfangs fuhren sie an der grönländischen Küste entlang nordwärts, aber die Eisberge und die schneeweißen Bären kühlten ihren Unternehmungsmut ab. Als sie verzagt an Land gingen, um sich Nahrung zu beschaffen, stießen sie auf verqualmte Eishütten mit Halbmenschen darin, die sie Skrälinger nannten, sie fielen brüllend über sie her und lebten rasch ihre Kampfeslust aus. Die krampfige Hand des letzten Sterbenden zeigte nach Westen und gab ihnen die Wegrichtung an, sie brachten die Eishütten zum Schmelzen, verbrannten die lächerlichen Kajaks und schifften sich erneut ein.

Eine kaum auszuhaltende Freude schwellte ihre Brust, als ihr prächtiger Oseberg die Wellen durchschnitt, an ihre Schilde pochend, sangen sie von den Helden, die von London bis Konstantinopel die Erde in Schrecken hielten. Der Wind war günstig, nach vier ereignislosen Tagen erreichten sie ein schier endloses Festland. Leif schrie es seinem Vater in Grönland über das Wasser hinweg zu, hernach machten sie sich, zweiundvierzig Mann mit Lanzen, Helmen und Schilden, auf den Weg in die eintönige markländische Nacht.«

»Sei ruhig«, hörte ich über mir, »beruhige dich«, und ich erblickte ein besorgtes Indianergesicht. »Wir haben dich gefunden, auf der Erde liegend und ohne Verstand, und du hast geschrien, als strittest du dich mit Wrangel dem Tschuktschen, der doch seit hundert Jahren tot ist«, fuhr der Indianer in gebrochenem Englisch fort und half mir vorsichtig auf die Beine.

Ich krümmte mich vor Hunger. Tlingit umgaben mich, und trotz meines wenig vertrauenerweckenden Äußeren klangen die Fragen, die sie mir stellten, freundlich.

»Der Hunger, meine Freunde«, sagte ich frierend, »hat mir den Verstand genommen. Ich komme von den Delawaren, Hamasoaka ist unterwegs gestorben, ich war im toten Dorf der Kwakiutl, dann sah ich Spuren, ich folgte ihnen, dann hat mich Wrangel in einem Verlies von Fort Siska gefangengehalten. Ich bin ein Eskimo …«

Auf dem kümmerlichen Bäumchen meines Bewußtseins hockte Wap-O, im Gestrüpp wartete Hamasoaka. Die Tlingit banden mich mitleidig auf ein Pferd, und im Trott setzten wir uns nach Norden in Bewegung, zum Yukon hin. Den Pfad, dem wir folgten, hatten Sohlen getreten, die größer waren als die Tatzen des Bären; mit weit aufgerissenen Augen schrie ich, lautlos.

3. Kapitel

Tlingit und Goldgräber – Roger Burke – Tuskaroras Mission – Das Tagebuch des Liam Tomlinson – Black Dogs Beisetzung auf dem Eis des Yukon – Ein Dodge Brothers

Die Minen von Mt. Potosi wurden später eröffnet als die des legendären Klondike, nämlich erst 1919, kurz nach dem einseitigen Friedensschluß, der den Eskimokrieg beendete. Man hatte aus den Folgen des Goldrausches gelernt und stellte sie – zum Ärger der Goldgräber – sofort unter staatliche Aufsicht. Und der Staatstrust, dem der Abbau der Bodenschätze unterstand, setzte sein Monopol auch durch; mit Bluthunden und Karabinern ausgerüstete Söldner hielten die betrunken umherziehenden Goldgräberhorden streng unter Kontrolle.

Die Vorkommen wurden am westlichen Fuß der Mackenzie Mountains entdeckt, nordwestlich von Dawson, am Oberlauf des Yukon; ihr Zentrum jedoch gehörte zum Reservat der Tlingit. Colonel Roger Burke, der nach der Plünderung und Zerstörung von Ühl keineswegs zufrieden und alles andere als beruhigt war, reagierte auf die Beschwerden der Tlingit über die Enteignung – die Kompetenz des verschwundenen Lieutenant Liam Tomlinson übernehmend – überhastet, wobei er grob gegen die Minderheiten- und Menschenrechte verstieß. Seine ständig frierenden Soldaten nahmen Black Dog, den Oberhäuptling der Tlingit, gefangen und deportierten ihn heimlich auf die südlichste Alexander-Insel. In dem besetzten Dorf, Old Rover Village, veranstalteten sie Zielschießen auf Totempfähle, den Medizinmann Hamasoaka versuchten sie schlechtzumachen und als Scharlatan hinzustellen. Eines Tages hatte der Schamane die Belästigungen satt und verschwand. Roger Burke hörte gereizt zu, als ihm seine Fährtensucher berichteten, wegen des Schneefalls hätten sie die Spuren zwar nach einigen Meilen aus den Augen verloren, aber sie führten zweifellos in die Richtung, wo Ühl lag.

Kein Erfolgserlebnis, dachte er und trommelte mit den Fingern auf ein Aktenbündel, das auf dem Tisch lag, an allen Fronten schändliche Niederlagen. Ein Gegner, der nicht zu fassen ist, schmelzende Eisburgen, und letztlich habe ich auch die erbeuteten Schneebanner umsonst zwischen Eisblöcke gepackt und nach Washington geschickt, die Ehrengarde stand in einer Pfütze, als sie vor dem gequält grinsenden Präsidenten salutierte. Dieser unglückliche Tomlinson – und er sah auf das Bild seines Vorgängers an der Wand – hat mir einen großen Haufen gefrorene Scheiße hinterlassen.

Er stellte sich Tomlinson in seiner engen Eiskleidung vor, und seine Laune besserte sich. Sie blieb auch gut, als er sich wieder seinen Fährtensuchern zuwandte. Fiebrig musterte er sie – eigentlich waren sie Pelzjäger, sie gingen stets gekrümmt, um ihren eigenen Fallen auszuweichen, die die Wälder so gefährlich machten. Burke sah ihnen dies und jenes nach, deswegen konnte er sich auf sie verlassen.

Als er wieder allein war, stützte er sich auf den Tisch und warf seinen Zirkel mit voller Kraft gegen den Globus, so daß er dort steckenblieb, wo Ühl zu vermuten war.

Die Goldgräber, die sich mit den Tlingit nie sonderlich gut verstanden hatten – wenn sie am Lagerfeuer hockten und angestrengt versuchten, über irgend etwas zu reden, tauchte in ihrer getrübten Erinnerung sogar dieses oder jenes Geplänkel auf –, befanden sich jetzt in einer unangenehmen Lage. Fluchend spuckten sie Speichel, seit Jahren in den Löchern der Zähne steckende und jetzt glücklich herausgepolkte Korkenstückchen, faulige Sehnen roh verschlungenen Fleisches und bis zur Unkenntlichkeit zerrülpste Füllwörter ins Feuer. Mit ihren verfilzten Bärten wirkten sie wie ein Haufen Schmutzwäsche. Die meisten waren längst über die Vierzig hinaus, deshalb mußten sie mit ihren Erinnerungen sehr vorsichtig umgehen. Wenn sie sich, selten genug, etwas abpreßten, wurde es im Nu aufgesogen vom durstigen Schwamm des gemeinsamen Geredes und vom typischen Haushüter der Lagerfeuer, dem von Fürzen durchsetzten Gelächter, so daß sie, bevor sie mit kummervollem Aufrühren der lauen Luft von ihrem ureigensten Eigentum hätten Abschied nehmen können, alles schon wieder vergessen hatten.

Alle hießen sie Old Big, wie der erste reich gewordene Goldwäscher von Klondike geheißen hatte; ihre für Verschrobenheiten berüchtigte Kaste kannten alle in der Sieb, Schaufel, Leben und Zahnfüllung ohne Herzeleid wechselnden Goldgräberwelt – über kurz oder lang würden es zwei Jahrzehnte sein, daß unflätige Wut über die Niedertracht Burkes die Gruppe zusammenhielt.

Ihre Lage war, wie Old Big ihnen laut und deutlich klarmachte, äußerst unangenehm, weil sie jetzt genauso dastanden wie die Tlingit. Er polkte sich ein ausgefranstes Stück Schnur aus den gelblichen Zähnen, warf es ins Feuer, daß die Funken nur so sprühten, und begann zu erzählen.

»War so, Jungs, daß wir mit Old Big, mit dem hier«, und er wies auf seinen Nachbarn, »nach Ol' Ro' Village sind, Fraß ranschaffen. Die Tlingelings hatten gerade 'nen großen Tag und die Hosen voll. Warteten auf Black Dog, ihr wißt, da hatten sie den gerade weggebracht, genau als sie uns an den Arsch der Welt getrieben haben.« Er hob die Stimme. »Old Bigs, Brüder! Dem beschissenen Burke sind die Tage gezählt. Der Old Big hier, der hat mit den Tlingelings klargemacht, die Freiheit ist weg wegen dem Burke. Zwanzig Jahre rackern wir uns ab hier auf den Goldfeldern, zwanzig Jahre haben wir nichts zum Beißen, zwanzig Jahre klauen wir den Tlingelings den Fraß. Aber jetzt ist da Black Dog. Old Bigs, Brüder! Der Weg zum Gold führt über die Tlingelings!«

Die Old Bigs wischten sich über die tränenden Augen und blinzelten weiter in die Flammen, sie sahen sich, wie sie in breitrandigen Hüten, mit hochgestreiften Hemdsärmeln und in knielangen Stiefeln riesige Siebe in das vom Gold getrübte Wasser tauchten und grölend den todkranken Häuptling der Tlingit priesen, der sich, bis auf die Knochen abgemagert, inmitten seiner hilflosen Begleiter rund zehn Meilen hinter Old Rover Village in den Decken wälzte, die als Tragbahre dienten.

»Moos wächst mir im Gesicht. Norden, immer nur Norden, hauche ich auf das Blatt Papier. Ich habe eine hübsche kleine Kartenskizze angefertigt, sie zu einer Pille zerdrückt und weggeworfen: Zwei Amseln zankten sich um sie. Es gibt hier keine Spur von Freundlichkeit und Sanftmut: Spitze Fichten stechen in die Luft, die wie ein riesiger geplatzter Luftballon am Gesicht klebt. Und mich stranguliert … Unter einem Strauch wartet mein Rucksack auf die hoffnungslose Begegnung mit dem, der ich war. Ich kratze den dicken Belag der Heiterkeit von meinen Zähnen, rolle mit den Augen, wenn sie nahen, und schreibe ohne Unterlaß mit unsichtbaren Buchstaben auf mehr und mehr Blätter. Vorn tragen sie Black Dog und beweinen ihn, als wäre er es, den sie verlieren. Mich lassen sie in Frieden: Zwei Kranke wären zuviel, sie begnügen sich damit, durch Zeigen zu fragen, welche Richtung sie nehmen sollen. Norden, immer nur Norden. Wir hocken zu zweit auf dem kümmerlichen Bäumchen meines Bewußtseins, ein uniformierter Jäger belauert uns. Der Pfad breit ausgetreten, der Weg unverwechselbar. Der Speichel der Ruhe gefriert an den Gesichtern, mein schäumender Mund gurgelt Blutstreifen auf die Erde. Meine unsichtbare Tinte ergießt sich über die Mähne des Pferdes, ich klopfe den Rhythmus darauf. Tlingit kommen herbeigestürmt, die Gesichter geronnen vor Trauer: Black Dog ist tot, der letzte Großhäuptling. Norden, immer nur Norden! bedeute ich ihnen mit hervorquellenden Augen, und unabschüttelbar legt sich auf alle eine große Hand.«

Die Pelzjäger meldeten sich am Tag darauf in aller Frühe in der Kaserne. Dort bekamen sie ausgeruhte Pferde, Munition und Lebensmittel, und Captain Kirstensen las ihnen mit Ausdauer vor, wer wann und wie und unter welchen Qualen durch ihre Fallen sein Leben verloren habe. Als sie dieses übliche Zeremoniell hinter sich hatten und mit ihren Pferden gleichmütig hinaustrotteten, bekamen sie von Captain Kirstensen zum Abschied noch ein Päckchen Tabak und einen Schlag auf den Rücken. Bis auf einen waren sie ihm allesamt zuwider, aber vor dem Tod neigte er doch das Haupt.

Als sie Anchorage verließen, stellte ein Halbindianer namens Tuskarora unumwunden die Frage, ob es außer ihm noch einen gebe, der den Befehl erfüllen wolle.

In der tiefen Stille hörten sie das Grollen der grönländischen Gletscher.

»Ich rate euch, verschwindet so schnell wie möglich irgendwo in Kanada«, sagte er nach kurzem Warten und wendete das Pferd, das ihn im Galopp nach Norden davontrug. Er verachtete sie nicht ihrer Feigheit wegen; auch er hatte den Auftrag nicht aus Loyalität angenommen. Er dachte nicht im Traum daran, Ühl aufzusuchen: Ihm lag an dem vergrabenen Schatz der Eskimos in den toten Nadelwäldern der Brooks Mountains.

Man erzählte sich, irgendwo jenseits des Polarkreises lägen verlassene Goldfelder des Eskimo-Königreiches, und das abgebaute Edelmetall lagere in unzugänglichen und unaufbrechbaren Eispanzerschränken. Wegen des Krieges aber, so hieß es, hatte man einen Teil des Goldes zu Waffenkäufen, zur Anmietung von Transportmitteln und für Erfindungen verwenden müssen; nur so konnten trotz der großen Entfernungen die grönländischen und die sibirischen Hilfstruppen rechtzeitig zum Sturm auf Fort Dawn herbeigeschafft werden. Gegen Ende des Krieges, als am Fall von Ühl nicht mehr zu zweifeln war, versuchten die reichen Ühler Banken, die auch über die noch nicht veräußerten zentralen Goldbarren verfügten, panikartig ihr Vermögen zu retten. Da aber wegen der Bahnschmelzaktionen die Eiseisenbahnverbindung nur noch bis zu den Brooks

Mountains reichte, kam als Versteck bisher nur die erwähnte Gegend in Betracht.

Tuskarora hatte vorsichtig einige nach Anchorage abkommandierte Veteranen ausgefragt und erfahren, daß sich Burke mit seinen Truppen völlig verängstigt zurückgezogen hatte; die Brooks Mountains zu durchkämmen, daran dachte er nicht im Traum. Ihn schreckten die Phantastereien der Veteranen nicht ab, die, sobald mit sanftem Rülpsen der Satan der Geheimhaltung aus ihren rumgebeizten Mündern geschlüpft war, die eisigen Gefilde als Hölle malten. Er hielt ihnen spielerische Karten unter die Nase, und seine Hand folgte flink dem spinnwebartigen Phänomen, das sich aus dem Kampf zwischen Phantasie und Erinnerung herausschälte und in dessen Mitte fett und feindselig Ühl hockte. Mit dünnen, kaum erkennbaren Linien testete er sie: ob sie die Schmalspur-Eiseisenbahn erkannten, die Stellungen der Haubitzen in den Brooks Mountains, das niedergetrampelte Quadrat von Burkes Kommandozelt, die versunkene Schneelokomotive. Auf diese Weise wurde die Karte von Abend zu Abend genauer und wurden die Maschen des Goldnetzes enger.

Er hatte mit niemandem über seinen Plan gesprochen und auf den Zufall gewartet, der ihn einmal zutage bringen würde. Mit den Fallen in den im Schnee erstickenden Wäldern war er schnell fertig – die Luchse mit ihren zerrissenen Köpfen oder die Zobel, vom selbstauslösenden Pfeil ins Herz getroffen, bereiteten ihm nicht die Freude wie den anderen; um sich abzuhärten, verbrachte er, blau gefroren, Nächte in den Unterschlupfen weggescheuchter Bären oder, völlig zerstochen, auf der Flucht vor einem wütenden Puma im Geäst eines Mammutbaums. Da er nicht von den Pelzen reich werden wollte, nahm er nie unverschämt viel Geld für sie, seine Fallen waren einfallsreich, aber nie grausam, sie richteten weniger Unheil an als die der anderen. Captain Kirstensen, der nicht nur in die Kneipen ging, um sich zu betrinken, fiel er bald auf, weil er wenig trank und immer erreichbar war; Burke übertrug ihm die Führung der im übrigen unzuverlässigen Gruppe.

Jetzt ritt Tuskarora, nachdem er etliche äußerst schwierige Aufträge erledigt hatte, mit amtlichen Papieren zu den unausgeräumten Safes einer Phantasiestadt, in seiner Tasche steckte eine mehrfach gefaltete, komplizierte Karte, in die die genauen Koordinaten nur noch von der Wirklichkeit eingetragen zu werden brauchten.

Jahrelang lag in Burkes Schreibtisch ein dickes, verschnürtes und versiegeltes Schriftenbündel. Gestern morgen endlich hatte er es herausgenommen, entschlossen, das Siegel zu lösen und sich an die Lektüre zu machen.

Tuskaroras Vorgänger, der verunglückte Johann Schmeichel, hatte es irgendwo in einer Eishöhle gefunden, in einer vom Frost so mitgenommenen Stahlkassette, daß sie kaum noch zu knacken war.

Schmeichel, der das Englische immer noch mit bayrischem Akzent sprach, hauchte sich den Rauhreif vom dunkelblonden Schnurrbart: Er glaubte, jetzt lächle ihm das Glück. Mit Mühe schleppte er das Ding nach Hause und kippte es gnadenlos ins offene Feuer; er zog sich nackt aus und wartete schweißüberströmt, daß die kleine Schatzkammer endlich nachgäbe und sich öffnete.

Mit einem nervösen Stechen im Magen übergab er den vollgekotzten und oberflächlich gereinigten Papierpacken Burke, aber nicht einmal die sehnlich erwartete Belohnung, und wenn sie nur zum Saufen an einem einzigen Abend gereicht hätte, wurde ihm zuteil. Burke nahm das Bündel ohne Dank entgegen und schob es angewidert ins unterste Schubfach; Schmeichel schlich niedergeschlagen hinaus.

Burke hatte das Siegel sofort erkannt: Tomlinson hatte es zum zehnten Jahrestag des Bestehens von Fort Dawn anfertigen lassen. Ein Wachturm auf dem Rücken eines Seehunds – Ausgeburt der kranken Phantasie des Lieutenants.

Nach langen Jahren hatte er, vielleicht unter dem Eindruck der gespenstischen Stadt Ühl, die mit der Flucht Hamasoakas wiederauferstanden war, das Schriftenbündel hervorgekramt. Nun betrachtete er das verschmutzte, fleckige Deckblatt, dann ließ er den Deckel seiner Taschenuhr aufspringen: zwei Uhr fünfundfünfzig, Tuskarora und die anderen mochten mittlerweile den Mt. McKinley erreicht haben. Er nahm das Papiermesser und brach das Siegel auf.

»Mal sehen«, brummte er, »was der arme Hund gefunden hat!« Darüber dachte er einen Augenblick lang nach. Die Gier in Schmeichels besessenem und beschwörendem Blick fiel ihm ein; Indianer hatten seine steinhart gefrorene Leiche seinerzeit zum Hof des Forts gezogen. Seinem Abschiedsbrief hatten sie lange nicht glauben wollen, sogar der Militärarzt meinte kopfschüttelnd: »Tod durch freiwilliges Erfrieren? Ausgeschlossen. So radikal kann Todessehnsucht nicht über den Lebenstrieb siegen. Strick oder Schußwaffe, das ja. Aber erfrieren …«

»*2. Sept. 1899. Nachmittag.* Elisabeth hatte es nicht geglaubt, und doch ist es so! Wir sind an den frisch gestrichenen Palisaden vorbeigeritten, und dröhnend schloß sich hinter uns das Gittertor. Die Soldaten grüßten uns mit Hurrarufen – eine große Arbeit ist getan. Alles steht und ist fertig, wir warten nur noch auf die 70-Inch-Henryhaubitzen. Stolz zeige ich Lisa: Dies ist mein Reich!«
»*8. Dezember 1899. Abend.* Seit wir hier sind, vergeht kein Tag ohne eine Flut von Flüchen und Klagen über die Goldgräber. Ausgeplünderte Indianer mit ihren geschändeten Frauen, halb totgeschlagene Pelzjäger ohne Kleider und Ausrüstungen – trauervoller Alltag in unserem Fort. Wir haben Zelte aufgestellt, unsere Köche geben sich alle Mühe, und doch vermögen wir nur für Stunden Geborgenheit zu bieten. Da sich ihre Hoffnungen nicht erfüllen, denn Kleidung und Gerätschaften können wir ihnen nicht geben,

weiten sie ihre Verwünschungen nun auf uns aus und machen sich davon. Heute schließlich habe ich notgedrungen unsere Soldaten nach Klondike geführt, damit sie den seit zwei Tagen andauernden Unruhen ein Ende bereiten – der betrunkene Pöbel hatte wegen eines großen Klumpen Mineralgesteins, das er für Gold hielt, die Goldeinlösungsstelle gestürmt, danach zerteilte er sich im Streit um die Beute in Gruppen, die sich in die gefrorene aufgewühlte Erde eingruben. Wir trafen sie mit zum Schutz aufs Haupt gestülpten Sieben an und haben ihre Schaufeln und Hacken vorerst konfisziert. Ich habe meinen Kurier mit dringlicher Meldung nach Washington geschickt und schlage darin vor, in Klondike auf Dauer Militär zu stationieren und ein Alkoholverbot auszusprechen.«

»*1. Januar 1900. Nacht.* Der Beginn des ersten Jahres des Jahrhunderts erfüllt mich mit Schrecken: was für ein Pöbel, mit dem wir die hier lebenden Indianer zivilisieren – der Goldrausch geht auch an ihnen nicht spurlos vorüber, und die Goldgräber töten alle ihre Illusionen ab. – Den Alkoholverzehr habe ich nicht einmal im Fort verbieten können. Captain Perkins nennt meine Idee verantwortungslos und warnt mich. Ich fühle mich wie ein Eisbär inmitten von Waschbären, die im Unrat der Städte wühlen.«

Burke blätterte seufzend weiter und stieß auf diese längere Eintragung:

»*15. Februar 1900. Mittag.* Mit dem Beistand des Militärarztes, George, und einer indianischen Quack-

salberin hat Elisabeth einer gesunden Tochter das Leben geschenkt. George sagt, sie habe die Schmerzen wie eine Heldin ausgehalten, und es habe keine Komplikationen gegeben. Mona kräht und brüllt, bis sie an die Brust gelegt wird. Was die Quacksalberin zusammengemischt und zusammengebraut hat, habe ich in den Schrank geschlossen. George redet mir zu, ich solle mich hinlegen und ausruhen. Aber ich stehe am offenen Fenster und ergötze mich am Sonnenuntergang. Ich wage es kaum zu gestehen, aber ich bin glücklich. Aufgespießt auf die Bajonette der Sonne, sausen wir durch das All!
Nachmittag. Pater William war hier, zum Taufen. Ein salbungsvoller, im Grunde mürrischer Bursche, für mich fast unausstehlich. Unausstehlich auch diese Verbindung: katholisch und autoritär. Lisa ist, wie ich, besorgt, Mona könne sich wegen des ausgiebig auf ihren Kopf geträufelten Taufwassers erkälten. Er war kaum weg, da kamen Pelzjäger an. Ich bin zu ihnen gegangen, um für Mona etwas Warmes, Weiches zum Zudecken zu kaufen. Sie kämen weit aus dem Norden, erzählten sie, und hätten von den Indianern Merkwürdiges über die Eskimostadt Ühl gehört. Verwirrt kaufte ich ihnen einen Silberrobbenpelz ab und eilte mit hämmerndem Herzen zu Lisa zurück. Sie beschwichtigte mich, das tat mir wohl. Wir deckten Mona zu und sahen, wie ihr Atem zufrieden immer regelmäßiger ging.«

Daß er ein Kind hatte, habe ich nicht gewußt, dachte Burke, streifte die Asche seiner Zigarre ab und ließ den Blick versonnen über das Mobiliar gleiten. Fast alles war so wie zu Tomlinsons Zeit, nur das Feldbett stand zusammengeklappt in der Ecke. Burke schlief so gut wie nie.

Er wandte sich wieder dem Tagebuch zu, aber er empfand eine unverständliche Hemmung, gleich zum Ende zu blättern; denn eigentlich interessierte ihn nur eins: die Katastrophe von Ühl. So las er auf gut Glück weiter.

»*24. Dezember 1902. Abend.* Wir drängen uns in der kleinen Kapelle, ich dicht an Elisabeth gepreßt – plötzlich sinkt sie zusammen, japst nach Luft, drückt die Hände auf den Bauch. – George schiebt es der schlechten Luft zu und stößt die Fenster weit auf. – Lisa liegt matt im Bett, ich erzähle George meine beklemmenden Träume von den Eskimos, er hört gereizt zu, trommelt wie ein Specht mit den Fingern auf das Fensterbrett.«

»*12. April 1905. Nachmittag.* Ein leicht zu übersehendes Jubiläum: Am zehnten Jahrestag meiner Berufung nach Alaska bin ich, in meine Stube eingeschlossen, am Vergessen: Elisabeth, Michael, Glücklichsein, Beförderung ... Fort Dawn und Mona: meine strahlenden Denkmäler.«

»*27. Juni 1905. Abend.* Seit der Niederlage der Russen gegen die Japaner bei Tsushima haben meine Befürchtungen mehr und mehr Grund: Die geheimnisvollen Eskimos, von denen irgend etwas zu erfahren unmöglich ist, könnten sich auf ihre alten Verbindungen besinnen und gegen uns verwendbar sein.

Ich lasse an den Küsten von Alaska patrouillieren, ich baue auf Spione und flüchtende russische Seeleute.«

»*29. Juni 1905. Abend.* Mona wird Elisabeth immer ähnlicher; ihr blondes Haar und ihre blauen Augen lassen mich meinen Schmerz vergessen und halten ihn doch wach. Ich zerreiße den Kalender. – Zwei Jahre ist es her, daß wir sie verloren haben.«

Burke blätterte zurück. Daß er nicht alles, wirklich alles über Tomlinsons Leben wußte, ärgerte ihn zusehends. Und er hat doch, dachte er bitter, wegen der Niederlage bei Fort Dawn zu allem Überfluß eine sehr peinliche Untersuchung über sich ergehen lassen müssen!

»*29. Juni 1903. Abend.* Heute morgen ist bei der Entbindung Elisabeth gestorben, gleich danach unser Sohn Michael. Ich sitze im Chaos ihrer blutverschmierten Stube, und mangels Besserem schreibe ich; ich fürchte um meinen Verstand. Auf dem bereits leeren Bett alle möglichen Zangen und Messer, erschreckende Zeugen des Kaiserschnitts. Was mag Elisabeth empfunden haben, als ... Nein, ich muß zur Ruhe kommen! Mona erwartet mich schluchzend bei George. Morgen vielleicht ...«

»*30. Juni 1903. Nachmittag.* George steht mir nach Kräften bei, er läßt mich keinen Augenblick allein. Ich kämpfe unablässig mit den Tränen, George versucht mich nüchtern abzulenken – es habe sich oben-

drein um eine Steißlage gehandelt, sagt er; aber ich finde keine Ruhe, laufe weg von Mona und zurück zu ihr, immer näher zu dem erschütternden Ort. Warum, Lisa, warum?!
Abend. Die Wehen dauerten neununddreißig Stunden, sie spie Galle vor Schmerz, ihr gerissener Bauch vibrierte unter dem unablässigen Hämmern. George öffnete in seiner Verzweiflung die Gebärmutter und nahm Michael heraus, der schon halb erstickt war von der um seinen Hals liegenden Nabelschnur. Wir standen nur da, gedemütigt, geschändet, todestrunken. – Ich kann Mona nicht ansehen und habe Angela gebeten, bis morgen auf sie aufzupassen.«

Ach ja, Angela war Georges Frau, fiel Burke ein, als er sich die bedrückenden Erinnerungen an die Untersuchung bewußtmachte; beide haben sie beim Sturm auf das Fort das Leben verloren. Aber was ist aus Mona geworden? Von ihr hat niemand gesprochen.

Entschlossen schlug er das Tagebuch zu, nahm das Bündel unter den Arm und verließ das Büro. So viel von Lieutenant Tomlinson auf einmal, das überstieg seine Kräfte. Schief und gekrümmt schleppte er sich den schlammigen Weg entlang, so, als hätte er vor, hinauszutreten aus seinem todsicheren Eisgefängnis. »Zu Hause«, brummelte er vor sich hin, »da werde ich diesen Dingen auf den Grund gehen.«

Den Trupp der Goldgräber führte Old Big an, was heißen soll, daß er vorneweg durch den knöchelhohen Morast stapfte. Ihre Pferde und Hunde und Katzen hatten sie längst aufgegessen; vorgebeugt, immer drei nebeneinander, zogen sie durch den kühlen Herbst von Alaska. Sie stopften sich Blätter in den Mund und kauten sie, abgefressene Sträucher und Bäume markierten ihren Weg, ihre spähenden Blicke irrten hin und her – sie waren am Verzweifeln. Nach zwanzig Jahren erzwungener Ruhe und mit einem lüsternen Vorgeschmack auf der Zunge hatten sie nach dem Frühstück ihr elendes Lager verlassen, um Black Dog entgegenzugehen: Er würde sie zum Gold geleiten. Ihr Anführer fürchtete insgeheim, sie würden einen nicht gar zu schmalen Bach überqueren müssen; die Versuchung wäre auch für ihn zu groß.

Mitten im seichten Wasser machten sie halt, es patschte ihnen eiskalt in die Stiefelschäfte, gerührt machten sie sich ans Schaufeln, dicht an dicht. Zahnlos die ältesten Old Bigs und vollmundig ob der unverhofften Gefühle die anderen, so lösten sie murmelnd, zischelnd, krächzend hastig die Siebe vom Rücken, sie ordneten sich zu einer langen Reihe, bückten sich, wühlten den Schlamm auf, die dunkle Brühe schwappte auf ihre Kleidung, sie wühlten und tasteten, grobe Hände zerstörten jahrhundertealte Symmetrien flacher Steine. Mit geschlossenen Augen schnupperten sie den süßlichen Fäulnisgeruch der Wasserpflanzen, »Wir waren der Dreck der Erde«, brummten sie den Refrain des fast vergessenen Goldgräberliedes in ihre Bärte, die sie sich um den Hals gewickelt hatten. Übermütig warfen sie ihre zerschlissenen Flickenhemden ans Ufer, trunken von der Erinnerung ans Baden rieben sie sich die zottige, eingefallene Brust naß. Sie ließen sich grölend hochleben und beschimpften Old Big, daß er sie bisher vom wahren Leben zurückgehalten hatte. Die gute Stimmung steigerte sich zur Ekstase, als einer, keuchend sein Sieb schüttelnd, aufschrie: »Brüder, hier ist Gold! Hier in moje Sieb!«

Von den stampfenden Beinen kochte das Wasser, fast ertränkten sie einander, um das Unglaubliche zu sehen: das schlammige Nugget. Nach Luft ringend und mit Mühe das Gleichgewicht wahrend, drängte sich Old Big ans Ufer, die anderen schubsten ihn neidisch, schlugen sanft mit ihren Sieben nach ihm. Weder Worte noch Flüche, noch Weinen nützte, vergebens wühlten sie den Grund auf, vergebens siebten sie bis zum letzten Tropfen Wasser, vergebens alles – er hatte die Beute, nun griffen tausend Hände nach ihr, um sie zu reiben und zu putzen und anzuhauchen, bis sie strahlte.

Eine glänzende Haubitzenkugel platschte ins Wasser; »Made in Esquimaux«, hatten sie auf ihr entziffert, niedergeschlagen und pudelnaß wateten sie in schweren, tropfenden Hosen ans Ufer und schütteten das eiskalte Wasser aus den Stiefeln. Dann flohen sie frierend in die Strahlen der untergehenden Sonne, zerrten fluchend aneinander, wetterten über den verlogenen Old Big, und im immer matteren

Licht sahen sie noch den Leichenzug der Tlingit auftauchen. Die zitternden Arme schwenkend, hasteten sie voll neuer Hoffnung Black Dog entgegen, die Tlingit, stumm vor Schmerz, verstellten ihnen entsetzt den Weg. Der große Häuptling saß starr im Sattel seines Pferdes und sah mit regloser Miene und aufgespreizten, glanzlosen Augen den Gesellen aus einer anderen Welt entgegen.

»Kummer, Tränen, Trauer, Niedergeschlagenheit, Lustlosigkeit, Trübsal, Seelenqual – ich werfe die überflüssig gewordenen Wörter aus meinem Wörterbuch und suche, suche weiter nach schmutzigen Ausdrücken für die Gefühle, um sie zwischen die Goldgräber zu schnippen, mögen sie sich balgen wie um gefundene Schätze; wie verwahrloste Köter werfen sie sich auf den Kummer, zerreißen ihn mit kariösen Zähnen und verziehen sich mit dem erwischten Happen knurrend in ihren stinkigen Winkel, genießen ihre längst verlorenen oder nie gewesenen Kümmernisse; die Tränen kullern ihnen vor die Füße, sie tappen in Bächen, die nicht versiegen, ihre Poren filtern sie wie Siebe, das Salz lagert sich wie eine Kristallkarte auf ihre Gesichter, mit dem Kompaß der Trauer orten sie ihr Lebensalter, sie irren durch die salzigen Labyrinthe der Falten, aber sie können es noch immer nicht verstehen – sie möchten Old Bigs linke Hand, mit der er den Magneten behext hat, an den Mast nageln; ich lasse die Scham auf sie los, sie sollen die dampfenden Haufen ihres Kotes auf der flickengewürfelten Terrasse des Himmels sehen und sollen sich in die Pfützen werfen und mit blutig geriebener Zunge das tiefsitzende Bakterium der Niedergeschlagenheit schlürfen; ich streue erbarmungslos desinfizierende Lustlosigkeit in die Kanäle ihres natürlichen und erschreckenden Alltagsdaseins, bis ihre zerätzten Gedärme zuckend gegen die archaischen Riten des gierigen Fressens protestieren; ich folge ihnen im eingestürzten Nervensystem ihrer Kanäle, wo winselnd ihre Freßzellen kriechen, an den vibrierenden Enden ihrer Schwänze flattern im Triumph die Fahnen der Trübsal, aber sie verstehen es noch immer nicht – mit den neuen Wörtern spucken sie Stoßgebete in die Höhe, immer höher, ihre Augen und der Himmel schwimmen in einer einzigen Brühe; nehmt also den Drachen des Schmerzes, und laßt ihn fliegen, möge an seiner Schnur knisternd der Blitz herabkriechen, möge euch das himmlische Mißverständnis mit seinem Brandmal zeichnen, wälzt euch endlich in euch selbst auf der goldfiebrigen Erde, Qualen leidend unter der Hoffnungslosigkeit, gefesselt vom fernen Feuerwerk der Gnade – krepiert oder gehet in euch im Kreuz des desolaten Goldheeres, hebt eure Siebe als Schilde vor die Brust, der zweigeteilte Bart hänge euch in die Mulden der Wonne und der Pein, vom Verlangen nach dem weggeworfenen Blechgeschirr überkomme euch der Schluckauf, lebt, solange die Welt Welt ist: der dreckige Speichel der Rührung sammelt sich unter meiner Zunge, ich habe eure ausgelieferten, zerkauten, zum Ausspeien verurteilten Herzen im Mund.«

Colonel Burke stammte aus El Paso, wo sich der Rio Grande und die Grenze zu Mexiko begegnen. Die Ähnlichkeit zwischen den blendend weißen Mauern der von Spaniern und Indianern bewohnten Stadt und dem unzerteilbaren Schneevorhang von Alaska hatte ihm bald das Empfinden süßlich-abstoßenden Heimischseins beschert, und die Resignation, wie sie mit jeder Anpassung einhergeht, hatte seine illusionslose Feindseligkeit gegenüber den Indianern und Eskimos nur noch vertieft.

Seine Junggesellenwohnung war vollgestopft mit beklemmenden Reliquien: Lang herabhängende, runzelige Skalpe, winzige Schrumpfköpfe, blutbespritzte Kopfschmucke, durchlöcherte Leggings waren da zu sehen, teerige Kalumets mit billigem Tabak darin, geborstene Pfeile, als Blumentopf dienende Schamanentrommeln, Swastiken an Wurststäben, die sich im Wind drehen konnten, Totempfähle mit den grob geschnitzten Gesichtszügen eines Tecumseh, Osceola oder Manuelito als abschreckende Türpfosten, ein verdrecktes Tomahawk im aufgerissenen Mund. Doch Burkes Haß ging noch weiter, er umfaßte alle Tiere und Pflanzen, die in seinem Bewußtsein untrennbar mit den Indianern verbunden waren, ja sogar die Gewässer und selbst den als Geistbild der ewigen Jagdgründe verstandenen Himmel; nur die Möglichkeiten schränkten seine

Phantasie ein. In unvorstellbarem Durcheinander bedeckten die Knochen und Schädel von Mustangs, Grizzlybären, Coyoten und Büffeln den von Maiskörnern knirschenden Dielenboden, in einer Vitrine stank eine ekelerregende Sammlung vor sich hin, angefangen von schimmligen Tomaten bis hin zu eingerollten trockenen Tabakblättern. Auf dem Vorbau lag neben einem großen Haufen Bücher glühende Asche – Tag für Tag verbrannte er etwas von all dem indianer- und negerfreundlichen Geschreibsel, Cooper ebenso wie Beecher-Stowe, das Schiffstagebuch des Columbus wie die Landkarte des Vespucci, und wenn er den herben Duft des versengten Papiers einsog, hoffte er, die Pfeife rauchenden und Büffel jagenden Wilden dort oben seien jetzt am Ersticken. Seinen alten Plan, enge Halsfesseln von Negern herbeizuschaffen, die man wegen der Faulheit der Indianer bedauerlicherweise eingeschleppt hatte, oder wenigstens von einem von denen das brandige Schienbein, und wäre es gezeichnet von Sperlingsbissen – den Plan, sich derlei zu besorgen, notfalls mit Hilfe des geheimen Ku-Klux-Klans, hatte er nach dem Eskimokrieg endgültig aufgegeben. Seine Phantasie hielten inzwischen auf beunruhigende Weise andere und viel höhere Wunschbilder gefangen.

Burke haßte Amerika, so, wie es war.

Unwirsch entfernte er seinen ausgehungerten Waschbären aus dem Sessel und beförderte das zähnefletschende Tier mit einem Fußtritt in den Käfig, wo schon langgestreckt in seinem Dreck ein Opossum lag. Hernach ließ er sich zufrieden auf den einzigen Huckel des ausgeblichenen Sitzes sinken, unter dem noch Federn knirschten, griff nach Tomlinsons Todestagebuch, nahm einen Schluck heißen Punsch und las weiter.

»*31. Dezember 1903.* Mit Tränen in den Augen verabschiede ich das alte Jahr, das mir meine Liebsten genommen hat. Ich war zwar entschlossen, sie nicht mehr zu erwähnen, doch dann müßte ich alles auf den Kehricht schmeißen – es wäre nicht mehr als ein madiger Apfelgriebs ohne die Erinnerung an schmackhafte Bisse. – Das neue Jahr kann ich endlich mit genauer Kenntnis des mir anvertrauten Terrains begrüßen: Adieu, ihr verirrten Pelztierjäger, ihr mit wirren Blicken nach euren Tipis suchenden Indianer! Nach fünfzig Jahren steht nun die gültige Grenze zwischen Alaska und dem Dominion Kanada fest. – Meine Beförderung verzögert sich, auf die Gründe will ich nicht eingehen, es wäre für heute allzu bitter.«
»*1. Januar 1904. Abend.* Ich habe die Wirtschaftsbücher durchsehen lassen. Wir haben in unseren Lagern die Pelze und Felle von 5700 St. Zobeln, 3700 St. Bisams, 600 St. Silberfüchsen, 347 St. Hermelinen, 20 St. wer weiß, wie hierher geratenen erfrorenen Skunks, 120 St. Grizzlybären und 3 St. Eisbären, ganz zu schweigen vom Pelzwerk und den Präparaten von

Puma, Vielfraß, Luchs und sonstigen Pelz- und Raubtieren. – Das Fort ist belegt mit 550 Mann; von den 320 Frauen sind 312 verheiratet, man zählt 37 Kinder, unter ihnen meine liebe Mona, jetzt schwatzt sie gerade freundlich mit den ewig frierenden, von einem Bein auf das andere tretenden Posten in dem mondbeschienenen Tunnel, den man durch den meterhohen Schnee bis zu unserer Tür geschaufelt hat.«

»*15. Februar 1904. Nachmittag.* Ich habe mit Mona in aller Stille gefeiert. Auf dem Tisch brannte eine Kerze, ihr Schatten tanzte über die Wand, und ich habe von Elizabeth erzählt. Ich habe das Fell geholt, mit dem wir Mona seinerzeit zudeckten, und habe sie, während meine Hand über das mottenzerfressene Weiche strich, schluchzend auf den Schoß genommen – Angela hatte uns etwas Feines gekocht, so kehrte für Augenblicke jene für immer verlorene Glückseligkeit zurück. – Angela hat Mona zum Schlafen geholt. Ich rühre fröstelnd in Georges abscheulichem Flechtentee, versuche ihn mit Unmengen Zucker zu süßen – das Fell, sublimes Gespenst meines Glücks, erinnerte mich an eine gewisse Begegnung, mir stockte fast der Atem: Die Eskimos! … Ich habe also nicht die Wahrheit geschrieben: Meine Kenntnis des mir anvertrauten Terrains ist ungenau.«

Na endlich, seufzte Burke und stocherte mit dem Feuerhaken in den zusammensinkenden glühenden Scheiten im Kamin. Außerhalb des Lichtkreises seiner Leselampe bereiteten sich die Gegenstände knarrend und ächzend auf ihre nächtliche Verschwörung vor.

»23. *Februar 1904. Nacht.* Ich erwäge eine Expedition nach Norden, nach Ühl. Ich habe mit George und Perkins gesprochen, beide meinten, ich solle mir das Gerede der Pelztierjäger aus dem Kopf schlagen. Ihr Widerstand ärgert mich; ich verstehe nicht, warum ich im Schneefall die Augen schließen soll, statt ihn wahrzunehmen – ich habe mich entschieden. Morgen nimmt ein Luftschiff meinen Brief nach Washington mit, in welchem ich um Zustimmung zu meiner Aktion bitte. Mein Brief hat den folgenden Wortlaut: *Sehr geehrter Herr Präsident! Ich wende mich, auch von Amts wegen, mit der Bitte an Sie, meinen Plan für eine Expedition über den Polarkreis hinaus zu unterstützen, die in erster Linie die Erforschung der dortigen Territorien bezwecken würde. Nach meinen Informationen besteht die Möglichkeit der Existenz eines unbekannten Königreiches nördlich von Fort Dawn, das von ›Eskimos‹ bewohnt ist und dessen Hauptstadt ›Ühl‹ heißt. Sofern sich diese Informationen als zutreffend erwiesen, wäre die militärische Situation in Alaska höchst ungewiß und auf Illusionen gebaut. Daß die ›Eskimos‹ sich versteckt halten, scheint mir überaus bedenklich; in ihrem frostigen Schweigen lauert der Schreckenslärm einer militärischen Bedrohung auf die Frühjahrsschmelze. Ich bitte Sie also, sehr geehrter Herr Präsident, um die Vollmacht zur baldmöglichsten Klärung der Lage. Liam Tomlinson, Militärischer Generalgouverneur von Alaska,*

Fort Dawn. – Warum peinigt nur mich dieser Alptraum?«

»*22. März 1904. Nachmittag.* Mit unverrückbaren Eisenankern klammern sie sich an den gefrorenen Boden, die Hände im Schoß, so muß ich das endlose, monotone Mahlen der Eiszähne erdulden. In meiner Hilflosigkeit schreie ich nach Lisa, Mona flüchtet erschrocken in die Ecke. Ich Dummkopf! ... George bringt mich zur Vernunft, flößt mir Wacholderschnaps ein. Heute vormittag um elf Uhr kam das Luftschiff zurück mit einer erbarmungslosen Antwort an ›Lieutenant Liam Tomlinson‹. – Ich kann Mona meine Gefühle schwer erklären, dabei ist sie die einzige, die –«

»*10. April 1904. Abend.* Ich habe Schäden an den Palisaden ausbessern, einige faulende Balken auswechseln, die Haubitzen kontrollieren, Gewehre und Stiefel auf Hochglanz polieren lassen, ich habe von der Mannschaftsverpflegung gegessen, 120 Urlaubsanträge genehmigt und zwei abgelehnt, aller Sold, der noch ausstand, wurde gezahlt, am späten Nachmittag haben wir im Matsch des Hofes Rentiere am Spieß gebraten. Im Widerschein des rötlichen Fleisches sah ich bedrückt, wie die anderen sich freuten; was soll aus ihnen werden? – Für mich gibt es hier nichts mehr zu tun.«

»*15. August 1906. Nacht.* Meine Patrouillenboote haben ein kleines norwegisches Schiff gezwungen, Nome anzulaufen – der Kapitän zeigte auf der Karte siegestrunken die gefundene Nordwestpassage. Dem Bericht zufolge setzte er noch am selben Tag in seinem bedauernswerten Wahn die Reise in Richtung Kap Hoorn fort.«

»*11. Oktober 1907. Abend.* Ich muß mich mit dem Gedanken anfreunden, daß ich ganz allein dastehe. Die angeworbenen Tlingit kamen nach einer Woche ohne das geringste Resultat zurück. Sie haben es nicht einmal bis zu den Brooks Mountains geschafft, George ist dabei, ihre vom Frost aufgebrochenen Beine zu behandeln. Die Nachricht verbreitete sich unter den Soldaten wie ein Lauffeuer; nicht einer möchte auch nur einen Schritt in nördliche Richtung machen. – Mona spielt nicht mehr mit den Puppen. Sie liegen in der Tanzordnung des Abschieds von der Kindheit im Regal. Fasziniert beobachtet sie die Corpora delicti meiner Niederlage, die stummen Tlingit, und berührt mit glühender Hand ihre Beine. Ich ziehe sie sanft in ihre Stube und streiche ihr übers Haar, wie früher. Gleichmut nimmt meinen Bewegungen die Schärfe, um mich wächst ein Verschlag aus Apathie. Mona schläft ein, auf Zehenspitzen verlasse ich das betrogene Zimmer, um mit leichter Hand das Dokument meines Schicksals weiterzuschreiben.

Nacht. Den Blick auf die glosende Flamme gerichtet, kämpfe ich mich in die Nähe des Schlafes. ›Der Mond leuchtet von der unnötig erzeugten Energie der schlechten Schläfer‹, flüstert Elisabeth und bläst, Michael in den Armen wiegend, die Kerze aus.«

»*13. Oktober 1907. Abend.* Mit Mona habe ich einen

langen Gang durch den nahen Wald unternommen. Sie klammerte sich an meinen Arm und schwatzte drauflos. Ich war unsäglich erleichtert, bis zur Wetterstation liefen wir um die Wette. Als wir uns um den verschlossenen kleinen Turm jagten, kamen mir heftige Gewissensbisse: Seit Lisas Tod gibt es keinerlei Vermerk über das Polarlicht und andere Absonderlichkeiten. Ich holte das Fernrohr heraus, Mona drehte sich damit im Kreis, bis sie bleich einen Schrei ausstieß: Zwischen den Bäumen hatte sie den unermüdlichen Blick eines Tlingit-Spähers wahrgenommen. – Mona ist erkrankt, George befürchtet eine Lungenentzündung. Ich habe die Umgebung durchkämmen lassen, von unserem Tlingit keine Spur.
Nacht. Monas Fieber sinkt unerwartet, Gott sei Dank.«

Mit einem Gefühl von Überdruß ließ Burke die Blätter neben sich fallen. Inzwischen bedauerte er, daß er die Einladung zum üblichen Dienstagtreffen seiner Offiziere abgelehnt hatte. Er säße jetzt bei ihnen mit abstumpfendem Hirn, hörte sich die Eskimowitze an, und im Lärm ihrer Trinksprüche klänge ihm, das Rattern des Ühler Eiszugs übertönend, ihr betrunkener Gesang im Ohr. Aber nein … Schon der Gedanke machte ihn schaudern: Bloß nicht noch einmal die Angst vor dem Unbekannten erleben! Er sammelte die Blätter auf. Woodrow hatte Tomlinson einmal, lange vor der Untersuchung, den Schlafwandler von Alaska genannt, der mit keinerlei Beförderung mehr wach zu kriegen sei, ohne daß er beim Hochschrecken alles um sich herum zerbräche. Wäre nach Kinley nicht ausgerechnet Theo gekommen, dann vielleicht … Er sah aus dem Fenster, sah geradezu den Mt. McKinley mit der Schneekappe und mit den kreischenden Frostgeiern vor sich. Er legte ein paar Scheite ins Feuer und füllte noch einmal sein Glas – die Schlaflosigkeit, seine unheilbare Krankheit, kam bereits über ihn: mit nebelgleich wogenden und huschenden Bildern, mit ins Unverständliche verzerrten und erschreckenden Stimmen und mit unermüdlichen Spielereien der Phantasie im Schneesturm.

»2. *September 1909*. Bin halb tot vor Müdigkeit, habe aber zum erstenmal seit langer Zeit das Gefühl, daß Alaska auf der Erde liegt und nicht auf dem Mond, im Nichts. Ich mag meinen Augen nicht trauen: eine Auszeichnung für meine heroische Standhaftigkeit, Grußdepeschen vom abtretenden und vom neuen Präsidenten, William H. Taft, von dem ich sehr eine Wende unseres Schicksals zum Besseren erwarte, Geschenke von den Tlingit, wundervoll geschnitzte Masken von den Haida, eine Pfeife mit meisterhaftem Steinkopf von den Kwakiutl, ein ausgestopfter Blaufuchs mit sprühendem Pelz und ein liebes, verspieltes Bärenjunges von den Pelztierjägern – Mona ist überglücklich, sie hat es vorerst in einer leeren Munitionskiste neben ihrem Bett untergebracht –, dann ein radgroßes Sieb, glänzend vom Goldstaub, von den Goldgräbern – sollten unsere Anfeindungen zur Ruhe kommen? Ich wage es nicht zu hoffen –, Glückwünsche aus Kanada, den Staaten, Japan, Petersburg, London. Der französische Botschafter möchte im Februar eine Rundreise unternehmen und bittet um meine Unterstützung, ich habe ihm angeboten, ihn zu begleiten. Wenn Elisabeth das erlebt hätte! – Um sechs Uhr morgens weckte uns eine Ehrensalve, ich eilte ans Fenster, draußen waren meine Soldaten in ihren Galauniformen angetreten, als sie mich erblickten, brachen sie in ein donnerndes Hurra aus, dann zogen sie in Marschformation und unter fröhlichem Gesang ab. Was für eine Überraschung! Für acht Uhr war der Siegelmacher angekündigt, so daß ich reichlich Zeit hatte: Ich rasierte mich, zog meine schön geplättete Galauniform an und schlürfte Angelas heißen Kaffee. Die Einladungen an die Stammeshäuptlinge hatte ich rechtzeitig verschickt, ich konnte mich mit der Gelassenheit eines umsichtigen Hausherrn an den Schreibtisch setzen. – Das Siegel ist meine Idee: auf dem Rücken eines Seehundes ein Wachturm, um das Bild herum die Worte ›Fort Dawn, 1899, Alaska‹. Der Seehund ist das sonderbarste Tier, das ich je gesehen habe, eine eskimoische Sirene, deren lockender Gesang mir nicht mehr aus den Ohren geht. – Der Anblick meiner Soldaten wird die Indianer wohl für lange Zeit von einem Angriff abhalten; im minutenlangen ohrenbetäubenden Krachen und erstickenden Schießpulverqualm der 70-Inch-Henryhaubitzen und Repetiergewehre mag ihnen der Geist des Angstmachens erschienen sein. Ich habe nicht die Absicht, ihn in die Flasche zurückzulocken. Hamasoaka, der Schamane der Kwakiutl, der als Talisman ein modriges Holzstück am Hals trägt, versetzte sich mit geschlossenen Augen in Trance. Mona bohrte den Kopf schreiend in den Pelz des Bärenkindes, Angela sprach ihr lachend Mut zu. Im Speiseraum erlebten unsere seit langer Zeit nicht mehr benutzten Porzellanteller und goldenen Eßbestecke ihre Auferstehung: Die Gouverneure von Britisch-Kolumbien und Kamtschatka sowie der Bürgermeister von Los Angeles brachten ein Hoch auf die pechgetränkten, spitzen Balken unseres Forts aus. – Meine Kerze ist beinahe heruntergebrannt. Dem Staub meines zehnjährigen Hierseins verleiht der Polarmagnet die bekannte Form: Ich flüchte ins Bett. In meiner Vorstellung habe ich den Eskimo immer so gesehen.«

»*7. Oktober 1909. Mittag.* Ich verstehe nicht, wie ich mich so konnte hinreißen lassen! Von meiner Beförderung war nicht die Rede, meine Expedition wird weiterhin nicht genehmigt, der französische Botschafter hat seine Reise abgesagt. Die Geschenke verstauben in meiner Arbeitsstube, unter Hamasoakas Blick brach mir der kalte Schweiß aus – er sah mich beim Abschied an wie einer, der von Kopf bis Fuß mit Haß durchtränkt ist. Ich habe erfahren, daß die Indianer mit den Goldgräbern abrechnen wollen – vom vergeblichen Waffengerassel habe ich eine schlimme Migräne. – Von den Eskimos kam kein einziges Geschenk, als wären sie gar nicht auf der Welt. – Das zufriedene Brummen von Monas Bärenjungen begleitet die unerträgliche Arie.«

»*5. November 1909. Vormittag.* Nach schwerer Krankheit der erste normale Morgen meiner Genesung – wenn ich zurückdenke, bin ich fassungslos. Ich habe Angela geohrfeigt, Mona verprügelt, meine brennende Lampe dem kleinen Bären ins Gesicht geschmissen – entsetzlich! Dann habe ich die Geschenke in die Flammen geworfen – George ließ mich von den Posten fesseln. Unter meinem irrsinnigen Gebrüll zitterten die Palisaden – und warum? George mag von einer Nervenzerrüttung sprechen; wenn ich auf die Trümmer meiner ausgebrannten, verrußten Stube blicke, zucken meine Schultern in einem unsichtbaren Weinkrampf ob der Vergänglichkeit. Ich habe alles vergeudet, bin zur Beute unbekannter Eskimos geworden. – In der Frühe bin ich hinüber zu Mona geschlichen; ihr regelmäßiger, ruhiger Atem löste bei mir einen Brechreiz aus. Ich verstehe nicht …«

»*10. Dezember 1909. Nacht.* Pelztierjäger haben ein zerschelltes Luftschiff gefunden, die Leiche des Polarforschers ist wie ein überflüssiger Sandsack aus dem Korb gestürzt. Unter dem Eindruck des furchtbaren Bildes habe ich George von den Gedanken erzählt, die mir durch den Kopf geistern: Die Eskimos seien die Hüter des Pols, in ihren Händen biegt sich der Magnet zu einem Hufeisen. Sie sind kalt und gefühllos, die Säuglinge an der harten Eiswarze der Mutterbrust festgefroren, so wachsen sie. In ihren durchscheinenden Häusern aus Meerwasser kommt aus Eiszapfen das Eiskristallwasser, in ihren riesigen Eisschränken reift der Rauhreif. Entschneeungskanäle und Gletscherbewässerungssysteme sorgen für eine kühl blühende Eisblumenkultur. Mittels der Schneedecken, der Haferschneeflocken und der Schneemänner haben sich die Eskimos in unser Leben eingeschlichen. Sie streben die Weltherrschaft an, über die Kompasse haben sie schon Macht, ihre Heere sind in der Reichseiszeit bis Paris, Krakau und Washington vorgestoßen. Eskimo sein, das ist der Tod. – George brüllte, ich solle aufhören, ich starrte ihn an, Mona band mir Hände und Füße, während ich dem Sirenengesang lauschte.«

»Ein Verrückter«, flüsterte Burke vor sich hin, »ein kompletter Idiot!« Er mochte sich nicht rühren, saß nur fröstelnd da, das verschmutzte Tagebuch auf den Knien, sammelte Kraft für die Bewegung, für das befreiende Ächzen der Sesselfeder, er wartete, daß etwas ihm die schwer lastende Hand vom Genick nähme, sein Blick ging zuckend im Kreis, die Swastika wirbelte, die trockenen Maiskörner auf dem Fußboden knirschten, der Waschbär hob schnuppernd den Kopf, das Opossum rieb sich winselnd am Gitter, die Skalpe tanzten im Luftzug, mit schmerzhaften Nadelstichen begannen seine Knie taub zu werden, in den Mündern der Indianer knackten die Tomahawks, Burke riß das Fenster auf, und herein strömte die Einsamkeit des nächtlichen Frostes – Liam Tomlinson verließ den Raum.

Allmählich ging Tuskarora die von eisiger Apathie gehobelte Landschaft auf die Nerven. Er suchte entfernte Zielpunkte, behexte mit seinem Blick einen Seeadler, der einen Pinguin in den Klauen hielt, dachte sich einen riesigen, gleißenden Panzerschrank an den Horizont, richtete automatisch die Ski, die gegen seinen Rücken schlugen, und die Schneeschuhe, die dem Pferd am Hals hingen, und immer wieder hauchte er auf seine Finger. Die Kneipengeschichten waren ihm ausgegangen, bei den Witzen, die ihm einfielen, rollte kein Gelächter lawinengleich über die erstarrte Schneefläche, die Gedanken eilten ihm nicht voraus bis zur Euphorie der Schatzhebung – stumpf ritt er unter dem blassen Mond der sechsten Nacht dahin, die so war wie die anderen fünf Nächte. Nur sein Pferd beunruhigte ihn: Immer wieder bebte der dampfende Kopf, rutschten die Beine weg, hackten die Hufe das Eis, daß die Funken sprühten; er legte jetzt öfter eine Pause ein, streichelte dem Tier in verzweifelter Zuversicht die Flanken und scharrte ihm gefrorene Flechten aus dem Schnee. In Anchorage hatte er sich vorgenommen, wenigstens die Strecke bis zum Polarkreis zu Pferde zurückzulegen, das Fleisch des Pferdes sollte dann bis zu den Brooks Mountains seinen Hunger stillen. Besorgt zog er ihm die Oberlippe hoch und flößte ihm Schnaps ein; dann klammerte er sich rülpsend an die harte Mähne, beugte sich vor im Galopp und flüsterte ihm zu: Bis zum Yukon, wenigstens bis zum Yukon! Doch nach der achten Nacht, die so bitter war wie die anderen, gab es kein Weiter mehr. Fast hätte er sich die Beine gebrochen, als das Pferd kopfüber dem Tod in den Rachen sprang; der dampfende Kadaver rutschte noch einige Meter, bis ihn eine Schneewehe aufhielt. Wie ein dunkler Engel beugte sich Tuskarora über das tote Tier und schnitt ein großes Stück Fleisch heraus. Das warme, blutige Fleisch zeigte er der kränkend gleichgültigen Schar der Sternbilder, Kometen, fallenden und aufglühenden Sternschnuppen, dann biß er fluchend in die rohe Wirklichkeit. Nachdem er den Rucksack bis zum Bersten vollgestopft hatte, schnallte er die Ski an, warf die leere Flasche weg, dachte sich Huffährten in den knirschenden Schnee und setzte eilig seinen Weg fort. Hinter ihm gerieten winselnd und die Zähne bleckend die Aasfresser aneinander, der Blutgeruch lockte die Haie den Yukon hinauf bis Dawson, mit geblähten Nüstern schnupperte der Norden in die süßliche Luft. Tuskarora hatte die Hälfte des Wegs zurückgelegt, seine Lungen schlürften gierig den auffrischenden Wind, seine Muskeln trieben ihn gehorsam dem Wunschbild entgegen, das sich in seinem Hirn festgesetzt hatte, Aasfliegen folgten stichbereit den Ausdünstungen seines Rucksacks – aus den dunklen Nasenlöchern des Nordens flossen, Blutströmen gleich, die Gletscher.

An einem Tag, als wegen irgendeiner alten Sache zwischen den Goldgräbern und den Tlingit eine Schlägerei ausgebrochen war und die Old Bigs sich verbarrikadiert hatten – mit den Sieben auf dem Kopf blinkte in den Hirnen ihr früheres dunkles Leben auf –, erschien im trügerischen Licht der Erleuchtung urplötzlich Hamasoaka. Nach zwanzig Jahren verbissenen Schweigens war sein Gebrüll von unerträglicher Lautstärke.

»Schweigend starrt Hamasoaka mich an, ein auferstandenes Gespenst, macht dann kehrt und geht hinaus, wieder beginnt der Streit zwischen der Dunkelheit und der Stille, geronnenes Blut krönt meine aufgerissene Stirn. Black Dog werden sie im Dreck verscharren wie einen Hund, auf dem Schneefeld, fleckig von den weggeworfenen Sieben, wird ein Hund den Schlaf herbeibellen. Das Erwachen wird ein Spiegelbild des Mondes im Wasser sein, das die Hunde schlappen.«

Der Trupp hielt Richtung auf den uralten Bestattungsplatz in den Brooks Mountains. Dorthin stolperte ganz Old Rover Village durch den Schnee, dorthin glitt Black Dog, auf einen Schlitten gebunden. Zuletzt schleppten sich widerstrebend die Goldgräber herbei, die Fußlappen durchnäßt, die Beine blau gefroren. Sie folgten Old Big, der alles auf eine nach Norden flatternde Schnee-Eule gesetzt hatte. Vor dem Yukon stießen sie auf einen Pferdekadaver, die aufgescheuchten Aasfresser tauchten heulend im Schneegestöber unter. Hamasoaka legte den Kopf auf den aufgewirbelten Schnee und lauschte lange: Das Röcheln des erwachten Nordens zuckte als neue Falte über sein runzeliges Gesicht. Die Tlingit griffen zum Spaten und stachen, stießen, schlugen den gefrorenen Boden auf; die Goldgräber nahmen die Erdschollen und schüttelten sie gierig in ihren Sieben. Frostgeier flogen über die starre Schneedecke, ihr Kot prasselte als Hagel auf die pelzbedeckten Rücken der gebückten Männer; die Pferde signalisierten mit lautem Schnaufen und weit geöffneten Augen das Nahen der Zeit. Die Old Bigs begannen zu singen, »Wir waren der Dreck der Erde«, knarrten sie mit zugigen Mündern den Tlingit zu, benebelnder Schnapsdunst schlug sich als schmutziger Schweiß auf den Gesichtern nieder. Gefroren rann der Yukon dort, wo Polarkreis und Brooks Mountains zusammenstoßen, in die Landschaft; auf seinem Eis wurde auf Zuruf des Schamanen der neue König der vereinigten Tlingit und Goldgräber gewählt – als hungriger Schneeball rollten sie hinüber in das dereinst kommende mehrtausendjährige Reich.

Burke prüfte jedes einzelne Datum und warf das Tagebuch bis auf die letzten gut zehn Blätter in den Kamin. Aus dem knisternd zuckenden Papierbündel flammten als erstes die blauen Bäche der geschmolzenen Tinte auf, in der Hitze des bis zum Rauchfang hochschlagenden Feuers verglühte die Jugend des

Lieutenants. Burke beugte sich begierig und beglückt vor und badete die Eiskammern seines Gesichtes in den Wellen der Wärme, der Verheißung einer nie versiegenden Hitze.

»Wärst doch auch du verbrannt samt deinem Jungbären!« zischelte er und ließ sich mit den übrigen Blättern in den Sessel fallen; das kalte Licht des Vollmonds strich über die Diele, ein Schweißbach rann Burke in den kräftig gähnenden Mund, setzte sich als Giftkügelchen auf einen übergroßen Eckzahn und wartete dort auf das Zerplatzen. Die Uhr schlug Mitternacht.

»*28. Oktober 1916.* Weit kann es nach Ühl nicht mehr sein – heute nacht hat mich das Rattern einer Eiseisenbahn geweckt, mit Augen, die trüb waren von schlechten Träumen und Müdigkeit, starrte ich in die Richtung des Geräusches; die Räder pochten Monas Namen. Meine unglückliche Tochter … Ich habe kaum noch Tinte, Erfrieren und Verhungern drohen mir, mein Gewissen stößt mich in den Schnee: Erstickend schlucke ich ihn, er ist mit meinen Tränen getränkt. Ich flüchte zu meinen Aufzeichnungen – wenn jemand sie jemals findet, soll er sie als ein paar verlorene Buchstaben einer Eingabe an Gott ansehen. – Mona … Götze meines Hasses, zerstochene Zielscheibe meiner Gedanken. Dabei hätte ich es längst ahnen müssen, die höllischen Anzeichen verunzierten von Anfang an die Seiten meines Tagebuches. Meine Liebe zerrann mit dem Schmerzensgebrüll des Bärenjungen, die in den Flammen zersprungenen Augen spritzten unauslöschlich auf Monas wundervolle Haut. Die schlanke Gestalt Elisabeths, das Kalifornienblau ihrer Augen, die so vertrauten Flaumhärchen ihrer Haut – dies sind die quälenden Attribute von Monas geraubter Schönheit. Wäre der verfluchte Pfarrer hier, ich schlüge ihn, bis er, der Bewußtlosigkeit nahe, sich die Antwort abpreßte, wohin die schmutzige Flut des Abscheus mich geschwemmt hat, wie sie mir den einzigen Menschen nehmen konnte, der noch Gegenstand meiner bedingungslosen Liebe war, wie der Vater in mir abstarb – HErr, warum hast du es geduldet? – Aber nein, Monas Schlechtigkeit ging dich nichts an – die Vollmacht und deine erlösende Aufmerksamkeit überließest du dem Satan – du verzichtetest auf sie, und nur das konntest du tun. Ich hätte auch nicht anders entschieden. – Meine Tochter, bittere Ausscheidung meiner Träume, in was für einem Spiel bist du zum gnadenlosen Würfel geworden? Ich habe einen bitteren Geschmack im Mund, wenn mir dein Silberfuchsfell einfällt, die beruhigende Musik deines Atems, die Wonne, mit der du in Elisabeths Schoß gezeugt wurdest – eine verfluchte, hundertmal verfluchte Frau, ja, nur das bist du, unwaschbare Schmutzwäsche von Schönheit und Verlangen! Ich habe dich in meinen Armen gewiegt, ich habe dir das Schlaflied vom Stillen Ozean und von der Uhr im feingoldenen Sand ins Ohr gesummt, du hast in quälender Gier an Elisabeths weichen Brüsten gesaugt, wir haben Nächte durchwacht, gefesselt von der behexenden Kraft deines Weinens, ich habe mir mit von Müdigkeit verquollenen, blutunterlaufenen Augen morgens die Stoppeln weggekratzt, ich habe mich mit brummendem Schädel nach den wiederkehrenden und erschreckenden Halbträumen besonnen, daß ich ein Eskimo-Lieutenant bin. – Wie hätte ich angesichts deiner überwältigenden Freundlichkeit zu den Tlingit mit den brandig gefrorenen Beinen ahnen können, daß ein höllischer Wind an unserem Fenster lärmt – konnte ich wissen, daß die Pelztierjäger am Tag deiner Geburt Abgesandte und Boten unseres Schicksals waren und daß ›Eskimo‹ das Wort ist, mit welchem das unglückliche Neugeborene zum Tode bestimmt war – oh, Mona, trägst du Schuld an der Erfüllung deines vorbestimmten Schicksals, wo war unser Fehler? – HErr, wo war unser Fehler? – Die Scheinwerfer spalteten die Nacht, ich geriet in den dunklen Teil, wohin sich alles ungekaut ergießt, im Ausgespieenen strudeln unverdaute Gliedmaßen und quillt die verschüttete Schlacke der Kindheit empor. – Steif rappele ich mich auf; hätte ich es nicht wissen können: Bevor ich ersticke, ist es mir, mit Mona im Herzen und im Mund, noch vergönnt, das stinkende Ende zu sehen!«

»*30. Oktober 1916.* Mit dem Blechbehälter, in dem mein dicker Packen Aufzeichnungen steckt, habe ich heute morgen eine wandernde Lemmingfamilie erschlagen – ich habe nur dem Frost die Beute weggeschnappt. Der Geschmack des blutigen Fleisches durchflutete meinen Körper, ich zwang es mir bis zum letzten abscheulichen Happen in den zuckenden Magen. – Ich verstehe nicht meine Sehnsucht nach endlosen Schneefeldern und blassem Polarlicht, die noch am Rande des Grabes wach ist, muß ich mich doch Schritt für Schritt durch den Schneesturm kämpfen. Der Schnee stopft mir den Mund und nimmt mir die Sicht, dennoch sammelt meine Retina blinzelnd und blind die letzten Strahlen. Ich fürchte mich vor Eisbären – meine Waffe habe ich längst weggeworfen. – In meinen von Eskimos erworbenen Pelzen und der Seehundfellmütze mag ich für dich aussehen wie ein verirrtes, herrenloses, unbekanntes Lamm, das du in deinem bodenlosen Hunger mit deinen Augenwimpern erschlagen könntest. – Die letzten Tage bin ich der Trasse der Eiseisenbahn gefolgt, aber ich sah keinen einzigen Zug. Am Horizont steigen die Schienen in den Himmel; von Ühl keine Spur. Ich gäbe die Hoffnung auf, wenn ich eine Hoffnung hätte. – Burke, dieser angstschlotternde Coyote, kampiert jetzt noch an den Brooks Mountains. Sein Lager, umgeben von spitzen Pfählen, von Fallen und Minen, ist eine Deponie der Furcht, und Burke ist der jaulende Wachhund der Feigheit. Wie schnell sich seine unverhüllte Schadenfreude in winselnde, schwanzwedlerische Vorsicht verwandelte! Nachdem er mich degradiert, vor dem Trauerspalier meiner verbliebenen und gedemütigten Soldaten verhört, alle Asche des Forts aufgewühlt und mich tagelang in einem zugigen Zelt arretiert hatte, gab er mir meine Waffe zurück und führte mich verlegen in sein Quartier. Mit dem Blick behexte er einen nicht mehr intakten Hundeschlitten – ich hätte ihn erwürgt, wenn ich vor Schmerz nicht zusammengebrochen wäre. – Er hat es mir nicht geglaubt, der Dummkopf. Das mit den Eskimos.«

»*7. November 1916.* Folge ich den falschen Gleisen? Gehe ich geradenwegs auf den Nordpol zu? Kein Zug, kein Ühl, mein schwirrender Kopf macht sich mit dem Gedanken vertraut, daß es aus ist. Ich denke mir die Spur von Monas Schlitten in den Schnee, folge ihr mit gesenktem Kopf und fordere brüllend wenigstens ihren Körper, die Hülle ihrer zerschmetterten, geschändeten, für meinen Verstand unfaßlichen Schönheit, das kränkende und erschütternde Gegenargument zu ihrer freiwilligen Verblödung. Ein frühes Beispiel für ihre degenerierte Liebe: im Fernrohr der unermüdliche Blick des Tlingit-Spähers, ihr jäh steigendes und sinkendes Fieber. Wie naiv war ich doch! – Physikalische Unmöglichkeiten häufen sich: Ich lebe noch, ich habe eine Schnee-Eule totgeschlagen, bin also nicht hungrig, es gibt keine Schienen mehr, sie sind geschmolzen. Ich wälze einen schrecklichen Gedanken im Kopf: Ist Burke mir zuvorgekommen? – Ich gebe auf: Ühl gibt es nicht, Lieutenant Tomlinsons Idee hat sich erledigt, aus. He, Schluß machen! – Minuten noch, und die Sonne geht unter, ich hauche auf meine Tinte, meine Magenkrämpfe sind unbeschreiblich, ich würge die Knochen und Federn der Eule aus, zuletzt den kleinen Schädel – im Fallen hält er Umschau auf den leeren Schneefeldern des verlassenen Reiches.«

»*9. November 1916.* Elisabeth, zum erstenmal sah ich dich in Frisco, ich hatte mich aus dem Klub verdrückt und watete durch das frische Geröll der Flut. Du gehst nach Alaska, hatte man mir geflüstert, meine Rangabzeichen funkelten im Sonnenschein – das Herz zuckte mir im Leibe, die Wärme sog den Champagner auf, der mir auf die Hose geflossen war. Boote und kleine Dampfschiffe schwebten in buntem Durcheinander auf dem Wasser der Bucht, aus dem Schatten eures Sonnenschirmes saht ihr zu, wie ich beschwingt vom Trinken einherstolperte, deine Schwester zeigte auf mich und rief lachend: Ein Eisbär!, und ich, angekleidet vom Fuß bis zum Kopf, wäre wie ein begossener Pudel umgekehrt, hättest nicht du mich entschuldigend angesprochen. Die erlaubte Schamlosigkeit deines Badeanzugs stieß mich auf die Schwelle zu denkbarer Wonne, offenen Mundes wartete ich auf ein einladendes Wort, und du stelltest dich verärgert vor. – Elisabeth, bitte verzeih mir! Unsere Kinder sind tot, an deinem Arm hängt gebrochen Michaels winziger Körper, und Mona, die Fackel meines Hasses, wurde vom eisigen Wind ausgeblasen; nichts ist geworden aus mir, aus uns – als einziger Überlebender wärme ich in der kahlen Trostlosigkeit Alaskas am unlöschbaren Feuer der Erinnerung an dich den ausgekühlten Rest.«

»*10. November 1916.* Im Schneetreiben sind alle Spuren verschwunden: abgetragen, zugedeckt; vielleicht gehe ich seit Tagen im Kreis. Ich bin hungrig; aber mein Magen protestiert schon gegen den Gedanken an meine Nahrungsmittel – ich könnte sie genausogut wegwerfen. Ich beobachte die Frostgeier: Sie halten sich nicht auf, fliegen weiter. – Ich stolpere über eine festgefrorene, vom Schnee verdeckte Schneekette, Hilferuf eines nicht mehr brauchbaren Lastwagens von Burke – ewig leuchte euch das Nordlicht. – Gegenstände: Pflöcke als Wegweiser in der Einöde. Eine zerdrückte Feldflasche, zwischen Rippen hängend. Eine Gürtelschnalle zwischen den gleichgültig mahlenden Zähnen eines Kamels. Ein heißer Gewehrlauf, zwischen ausgebrochene Zähne geklemmt. Glühende Zeiger unter dem Vergrößerungsglas einer ohnmächtigen Taschenuhr. – In meiner Verzweiflung schlucke ich Schnee und scharre mit der Blechbüchse nach Flechten, die ich mit geschlossenen Augen kaue, bis sie auf meiner Zunge zu grünem Geschmack auftauen. – Die Rechtecke von Schneekristallen durchschlagen mir die Hände, die Seite, die Füße. Mit einem nassen, flockenweichen Schwamm benetze ich meine Lippen. Mit weggekipptem Kopf hänge ich an meinem knackenden Rückgrat. – Mona, Mona, warum hast du mich verlassen?«

»*12. November 1916.* Von dem weißen Ozean flimmert es mir schmerzend vor den Augen, ich verberge mein Gesicht hinter Papier, der Schweiß zeichnet sich als seitengroßer Tintenklecks ab. – Blinzelnd inspiziere ich die Schneehügel, ich erwarte ein schmutziges Menschenkleiderbündel, einen Makel an dem makellosen, jungfräulichen Samt. – George und Angela hatten die dreizehnjährige Mona schon lange im Schreiben und Lesen unterrichtet, sie konnten kein Kind haben, ich hatte damals kaum noch ein Kind. Ich mußte nach Anchorage reisen, aus Los Angeles trafen Rekruten ein. Ihre gebräunte Haut, ihre strahlenden Zähne und ihr sonnengebleichtes Haar brachen so unerwartet über mich herein wie der Himmel des Südens, aus der Kaserne telegraphierte ich, George solle kommen. Als wir wieder in Fort Dawn ankamen, war Mona kein Kind mehr. Sie hatte sich im nahen Wald herumgetrieben, Angela hielt mir schluchzend Monas blutigen Schlüpfer hin, die Adern, die blau ihre Hand überzogen, pochten. Mona hockte zitternd in einer Ecke ihrer Stube, zähneklappernd stammelte sie immer wieder dieses eine Wort: Papa. Entsetzt floh ich vor dem Kindmädchen, tagelang suchte ich mit meinen Soldaten nach Spuren. Aus Mona war nichts herauszubekommen, ihre weit aufgerissenen, verwunderten Augen brannten mir unerträglich die Antwort ein. – Mit bleierner Müdigkeit schleppe ich aus der wachsenden Bibliothek der Erinnerungen meine eigenen Bände hinaus, manchmal auch blättere ich in denen anderer, um sie dann bitter wegzuwerfen und die eigenen gleich hinterher – die Wellen eines einfarbigen, eines schwarzen Meeres schlagen bis zum Himmel. – Burke zeigte mir Georges Briefe, nach Fassung ringend, überflog ich zwei, die anderen gab ich zurück. Als Sanitätsarzt des Forts empfahl George meine umgehende Ablösung: Komplexe, Depression, Monomanie, Nervenzerrüttung, hoffnungslos wuchernde Manien – erstes Datum: 27. Dezember 1902. – George sah ich zum letztenmal, bevor das Schießpulverlager explodierte; sein Kinn bedeckten glänzende schwarze Stoppeln, was ungewöhnlich war; er verband gleichmütig einen Verletzten. Er starrte mich an und fragte nur kurz: Mona? Meine Augen sprühten Funken, ich machte kehrt und stieg in den Wachturm. Die Eskimos griffen wieder an, pfeifend nahten ihre Eispatronen, aber ich beobachtete durch das Fernrohr den Wald, suchte ein flatterndes rotes Band, blonde Haarsträhnen, elisabethblaue Augen in den derben, talgigen Armen eines Eskimo.«

»*13. November 1916.* Ich traue meinen Augen nicht! Vor mir dampfen im Schnee die geschmolzenen Schienen des Eiszugs, dunkel heben sich rundum die Reste eines riesigen Lagers ab. Weggeworfene, halb ausgelöffelte Fleischkonserven, abgenagte Knochen, rußbeschmierte Samoware, gefrorene Brotkanten, verbeulte Töpfe, Flaschen, Eßbestecke, mit Abfällen vollgestopfte Gulaschkanonen, ausgetretene Zeltquadrate, Patronenhülsen, schneebedeckte Kothaufen – ich haste umher, stopfe, fresse in mich hinein, was ich nur kann. – Schwer vom Sattsein strecke ich mich benommen am Feuer aus – ich schmelze das Eis des Himmels, ins Leck wirft die Sonne ihre Harpune.«

»*November 1916.* Ich folge dem spurlosen Schienenstrang nach Norden, wohin auch Burkes Truppen abzogen. Ich lebe von Abfällen und werfe mich hin, wenn seine Luftschiffe am Horizont auftauchen – im Licht ihrer Nachtscheinwerfer stoßen brüllende Eisbären, auf den Hinterbeinen tappend, auf umherhuschende Wölfe mit gesträubtem Fell, ich reiße einem Toten das Gewehr aus der starren Hand und schieße allesamt über den Haufen. Über die gehäuteten Kadaver machen sich die Schneewürmer her, angesichts ihres zersetzenden Gewimmels strömt frisches Blut voll Monas Haß zu meinem Hirn. Ich decke mich mit ihren Pelzen zu, stecke den Finger durch Löcher mit versengten Rändern und zeige dem Mond meine Verachtung. Den Blaufüchsen werfe ich Schnee-Eulen zum Fraß hin, das Knacken ihrer winzigen Schädel ist Himmelsmusik für meine Ohren. Die Füchse bedanken sich mit knisternder Entladung der Polarelektrizität in ihrem phosphoreszierenden Fell – wenn es mir gelingt, den einen oder anderen an mich zu gewöhnen, schließe ich mit vibrierendem Zeigefinger den Stromkreis kurz, kreischend wird Mona an meinen Magneten getrieben werden. – Das Grollen des Frostes ist ganz aus der Nähe zu hören, es übertönt das Gelärm von Burkes Kanonen; Karibus, jetzt ohne Geweih, fliehen mit Schaum vor dem Maul zu den Brooks Mountains hin, geduckt und mit hängendem Schwanz verlassen meine Füchse ihre Eulen, verwirrte Schneeauerhühner bohren sich in den Schnee, die Frostgeier steigen noch höher und warten, ihre kahlen Kehlen zucken vom Schlucken – ich stapfe, Schuß um Schuß abgebend, durch den Schnee; aus den Löchern, die meine Kugeln schlagen, strömt in dickem Strahl das Wasser aus Ühls unübersteigbaren Eismauern. – Chaos, Chaos: Regen jenseits des Polarkreises, Salz vom Himmel, das selbst Knochen durchschlägt; Hagel trommelt auf meinen panzerharten Bärenpelz, zischend herabfallende Luftschiffe, tennisplatzgroße Lungenballons, verbrennen knisternd zu einem faustgroßen Häuflein – die einsetzenden Klagerufe gehen unter im lautlosen, immer dichteren, unbegreiflich symmetrischen Schneien: der Himmel imitiert den Untergang der Luftschiffe bis an den Rand der Vollkommenheit.«

»*November 1916*. Ich habe mein Gewehr am Schädel eines tollwütigen Eisbären zerschlagen, meine Pelze bedecken den Kadaver meines Fuchses. Gekrümmt gebe ich dem Erdreich zurück, was meine irrwitzige Gier geraubt hat: den unverdaulichen Mischmasch aus verdorbenen Konserven und infiziertem Gesöff. Ich krieche auf den Knien durch den Schnee, taste mit Fingern, die bis zu den Knöcheln abgeschliffen sind, die Mauern von Ühl – aber nur Luft, Luft und müde Schneeflocken – o Gott, bin ich blind? – An einen bereiften Ast ist ein rotes Band gebunden, wie vom Blitz getroffen langt meine Hand danach, es bricht in meiner Hand: Mona, Mona, meine erbarmungslose Peinigerin, treulose Verschwenderin meiner Zellen, schwindende Erinnerung meines Körpers! Wo schläfst du deinen Winterschlaf, wo wälzen Angstträume deinen schmächtigen Körper, daß die Schollen, die dich bedecken, sich bewegen, wo hockt der Alp auf deiner kraftlosen Brust – in mir, Mona, in mir, mit verrenktem Hals und Gliedmaßen, mit zerschmettertem Gesicht, mit meinen Augen im Abgrund, der sich öffnet. – Schnee deckt mich zu, noch zucken zögernd meine Wimpern, Lungen, Zunge, Herz, Därme, Nieren und Lymphknoten benetzt das steigende Wasser, aber das Luftschiff des Weinens halte ich zurück, und sei es bis zum Bersten – HErr, alles ist vorbereitet, damit ich dir meine genaue Planzeichnung zeige.«

»*November/Dezember (?) 1916.* Eingestürzte Schneemauern, Schneeverwehungen, Schneebunker, bis zur Unkenntlichkeit zertretene Schneegeschütze, eingestürzte unterschneeische Tunnelsysteme, Haufen von zerschossenen Türmen, Krater von Eisminen, an einem Ast eine von Splittern zerfetzte Spitzendecke, verschüttete Wege, dem Schnee gleichgemachte durchscheinende Eispaläste, in den Schnee gestampfte Trümmer unvorstellbaren Reichtums: gebrochene Eiszapfenstatuen und Schneekristallvasen. Die Augen mit der Hand bedeckend, schiebe ich meinen Körper weiter, ich stolpere über die gezackten Kanten von gefrorenem Ausgespieenen, fasse in den Stumpf eines Urinstrahls, unter meinem Blut setzt verspätet und kribbelnd die Gerinnung ein –

mit rötlichen Eishäuten zwischen den Fingern segle ich in den Hafen der Ohnmacht, die rauhe und klebrige Zunge eines bauchkriecherischen Walrosses leckt an meinem Bewußtsein. – Zurück, wenigstens zurück in die Brooks Mountains, das ist mein einziger Wunsch, ich habe schon alles weggeworfen, immer fester klammere ich mich an meinen enggezogenen Gürtel, taumelnd stoße ich meine anrennenden Gedanken weg, meine Zähne mahlen knirschend den bitteren Schaum meiner aufsteigenden Galle – ich kehre dem Sturmwind den Rücken, meine Feder rutscht kratzend hin und her auf der spiegelglatten Eislaufbahn des Papiers.«

»*Dezember 1916.* Mona, mein abartiges Geschöpf – von meinen Küssen sind die kleinen roten Flecken an deinen Schläfen, mit meiner Hand, die zittert vor Verlangen, streiche ich dir das Haar aus der Stirn; du bist Elisabeth, auch wenn du ans Bettende zurückweichst zu deinem Spielzeug, dessen du überdrüssig bist, Lisa, unter deinem Nachthemd tastet ahnungsvoll der Mond. Mein nackter Arm streift die schwitzigen Härchen an deinem Hals, das Knarren des Bettes bohrt sich in die Stille – Mona, meine Mona, wessen talgigen Atemhauch erahnen meine pulsenden Fingerspitzen an deinen erschaudernden Schenkeln, wer erstickt in deinen umarmenden Wellen?«

»*Dezember 1916.* Verzagt starre ich auf den Haufen Papier; wer wird die Strafe bemessen, wer wird aus dem sinnlos aufragenden Turm die Buchstaben schütteln und streuen? Wie soll ich mir den Philologen wider Willen im meterhohen Schnee vorstellen? – Ich hätte hilflose Sätze sehen wollen, gequälte, häßlich hintergangene. Ich hätte die paar Sätze, um die es immer noch schade wäre, den Sprachhusaren vor die gezückten, funkelnden Federspitzen treiben wollen. – Meine Hand ist eine strahlende Schneeflocke, eine späte Botschaft, Deutung des Kinderweinens: unter körperfarbenem Strumpf schneeweiß schäumende Haut, Schreibmaschinenklappern auf dem kalten, blendend hellen morgendlichen Schriftstellerhof. – Es gibt kein Weiter. Auf meinem Eisbärenfell liegend, spielt mein in die Höhe gerichteter Blick mit immer dem gleichen Bild: endlose Schneefelder, aufgetürmte Wolkenhaufen, geäderte, unzerbrechliche Eispanzer. Meine Lippen zucken rissig, die Eishaut wird stärker, kein Wort zerreißt sie, nur noch mein Hirn, sich selbst überlassen, beschreibt die schneeweißen Blätter.«

»*Dezember 1916.* Dröhnend schloß sich hinter Mona das Tor; Eiszapfen brachen ab und bohrten sich als böse Fallen in den Boden; George nahm mich mit stählernen Muskeln in die Presse, Perkins umklammerte meine wild zappelnden Beine; mein Gebrüll widerhallte in den Wäldern, wo es von Eskimos wimmelte, ihre Anführer blieben stehen und wechselten ratlose Blicke. Mona, meine Mona, lief zu ihnen mit ausgebreiteten Armen und wogendem Busen, trug ihren Körper zum Kessel der teuflischen Gemeinsamkeit, ich stieß meine Bewacher weg und stürzte auf den Rücken, knirschend prallte die Sehnsucht an meine Brust. Benommen vom Schmerz hörte ich George erleichtert schnaufen, er fühlte mir den Puls, Perkins vertrieb die Gaffer, sie schubsten mich auf mein Bett, eine Beruhigungsspritze drang in mein protestierendes, steinhartes Fleisch. Ich sah ihre schwitzenden Gesichter nicht mehr, gedehnt und breiig krochen ihre Stimmen über mich hinweg, ich stieß die Decke von mir und klomm vorsichtig einen spiegelglatten Pfahl empor, eine herzgestählte Klinge zwischen den Zähnen.«

»*Dezember 1916.* In meinen Krämpfen habe ich im Schnee gekratzt, und meine Finger gerieten zwischen die Ausrufungszeichen einer toten Hand – entsetzt erhob ich mich auf alle viere, meine Knie, die doch nichts mehr empfinden konnten, begannen nun zu zittern: Burkes Truppen lagen da, den eisigen Blick auf das Himmelszelt der Eskimos gerichtet. Von oben kam weder Zuspruch noch Vergebung. – Ich habe wieder geschlemmt: Der beißende Gestank des verbrannten Fleisches lockte meine treulosen Füchse herbei, ich habe im heißen Saft der geplatzten Konserven meine Finger gewärmt und mir dann die Reste noch unter den Fingernägeln hervorgesogen. Asche stiebte auf den Schnee, Aasfresser schleckten sie im Streit. – Insgesamt habe ich mehrere hundert Tote gezählt, doch Burke befand sich mit Sicherheit nicht unter ihnen. Furchtbar!!! Ich hätte längst weggehen sollen, aber ich bringe es nicht fertig. Zum polaren Klagegesang kamen die Wale, ihr trauervolles

Schreien und Gurgeln tönt weit über die Schallgrenzen hinaus. – Benommen von all dem Fressen und Schnapstrinken, schleppe ich mich davon, die Stimme versagt mir, es bleibt das Rülpsen –«

»*Dezember 1916*. Ich stelle mir Burke vor dem Standgericht vor: seine Truppen zu drei Vierteln vernichtet, von Ühl mit blutigem Schädel, gedemütigt und verschreckt zurückgekehrt, Verpflegung, Ausrüstung und Munition in den Händen der Eskimos. Mit seiner Feigheit und seiner Untauglichkeit als Kommandierender ist er wenigstens zu achtzig Prozent für das, was geschehen ist, verantwortlich. – Ich folge den unverkennbaren Spuren der Geflohenen. Ohne weiteres könnte ich im Gehen schlafen; meine Füße finden, meine Arme ertasten den bis zum Hals ausgetretenen Schneeweg. Burke hat sich einer Taktik des verbrannten Schnees bedient; ein Heer von unersättlichen Würmern frißt die Kadaver der Seehunde und Walrosse, die den Weg zurück zum Beaufortschen Meer nicht mehr finden, weil die Eislöcher zugefroren und unter dem Schnee verschwunden sind. – Diese Katastrophe wird das Schicksal der Eskimos besiegeln: Ein mächtiges, rachedurstiges Expeditionsheer wird die Eisebenen bis zum Pol überfluten, im Bersten des Eises wird das Todesstöhnen der Sterbenden untergehen, Ühl wird verschluckt werden vom bodenlosen, geheimnisvollen Erinnern. Ich warte auf den Augenblick. Mit eisüberzogenen, knirschenden Zähnen, Armen, Gaumen, mit beilscharfer, flacher Hand, mit seilartig verschlungenen Blutgefäßen, mit entsichertem Herzen und eingehüllt in Schnee, krieche ich ihnen hinterher, quäle ich mich, schreckliches Verhängnis für Monas arglose Wechselbälger, zu ihren gierig zulangenden, hitzigen, entkräfteten Körpern hin.«

»*Dezember (?) 1916.* Ich irre durch die Fichtenwälder der leblosen Brooks Mountains, spucke auf die umherliegenden Dinge der Burkeschen Truppen, schütte die Spuren ihres Lagers mit Schnee zu, tilge sie aus der Erinnerung der Landschaft. Die rutschige Bahn des geschmolzenen Schneezugs habe ich in Splitter geschlagen, ich infiziere die Erde mit Haß, weil ich mich nach etwas verzehre. In zerstörerischer Wut habe ich den Wald angezündet, er verglühte in einem Feuer, wie man es nie gesehen hat, zu Asche – kniend lauschte ich dem Flehen und Wehklagen der Bäume. – In der Nacht weckte mich ein Knirschen im Schnee, auf die Ellbogen gestützt, sandte ich einen Kugelhagel in den Wald, ich schoß das Magazin leer, bis zur letzten Patrone. Mein Tagebuch unter dem Arm, trat ich in der unermeßlichen Stille zu den in Haufen liegenden Toten. Der Mund des einen zuckte, Skrälinger, murmelte er, mich für einen Eingeborenen haltend, und berührte den Rand meines Pelzes – mit ungeheurer Kraft hieb ich ihm meine Blechbüchse an die Stirn. Düsteren Gemüts hebe ich Gräber aus, schleife die schweren, kalten Körper am langen blonden Haar hinein, werfe ihnen Schilde, Speere und Schwerter hinterher. Dann murmle ich ein erbarmungsloses Gebet für die unfaßlichen Opfer meines Kriegs. – Wieder schreie ich, mit knirschenden Zähnen, nach Mona, nach den Eskimos.«

»*Dezember(?) 1916 (?)*. Mich ekelt, ekelt!! vor den verblödeten, widerwärtigen Phantastereien meines Tagebuchlebens, vor dem Wettlauf mit dem Speichel, der durch meinen Bart rinnt – ich, Ich, Erwecker des Nordens, ewiger Mörder Monas und aller ihrer Wechselbälger, erfüllt von Abscheu und gekrümmt von Qualen, hinterlasse hiermit euch die Zellenschlüssel meines entleerten Hirns. – Ich höre, ja, schon höre ich euer verdächtiges Poltern, wie ihr euch verschwitzt am breiten Ledergurt der Zeit zu schaffen macht.«

»Nehmt und tragt den Leichnam Wap-Os, die abstürzte und sich das Genick brach, nehmt die Zweige meines entblätterten, vertrockneten Bäumchens. Wärmt euch an seinem Feuer, möge der Rauch eurer dummen Worte sich mit der zerfallenden Liebe vermischen. Vergebens warf ich giftgetränkte Worte unter euch, ihr schluchztet, unglücklich auf einmal über die Demütigung, ihr braucht meinen Körper und mein Blut, wollt den Kelch der unbekannten Qual bis zum Boden schlürfen.

Los also, setzt mir die knappe Krone eures Todes auf!«

Halb tot vor Erschöpfung lehnte Tuskarora den Rücken gegen den Stamm einer Birke, deren Rinde Bären zerfetzt hatten. Aus dem Nebel ragten die kahlen Felsspitzen der Brooks Mountains auf, ein eisiger Wind rüttelte an den spärlichen Fichten. Apathisch zog er die Karte hervor und breitete sie vor sich aus. Seine Augen leuchteten auf: Hinter dem Kamm beginnt das Land der Eskimos – siebzig Meilen Luftlinie bis zur verlassenen Endstation des Eiszuges. Er stand auf, klopfte sich den Schnee vom Mantel und stapfte, das Gewehr in der Hand, weiter auf den Bergrücken zu.

Er brauchte drei Tage für den Weg, aber dort, wo die Karte es anzeigte, fand er nichts. Er grub armselige Sträucher aus und zerschnitt die zähen Wurzeln, er erlegte einen aufgescheuchten Grizzly. Aus trockenen Ästen baute er Fallen, Vielfraße plünderten sie, Nacht für Nacht verschwendete er Patronen auf Wölfe. Seine Hände zitterten, der Graphit seines Bleistiftes zerfiel im vergeblichen Kampf zu grauem Staub: Es gelang ihm nicht, die Karte zu ändern. Das hautdünne Papier war schmierig von Tränen, wie im Wahn irrte er weiter, stopfte sich mit knurrendem Magen Schnee und Fichtennadeln in den Mund. Mit gefrorenen Baumzapfen und hart gekneteten Schneebällen zielte er nach Elchen. Die Stücken der zerrissenen Karte spießte er auf Astspitzen. Er zündete den Wald an – verzückt und zähneklappernd beobachtete er den Totentanz der knisternden kleinen Flammen. Dann erhängte er sich mit der Schnur des Kompasses, sein Körper schlug nach Norden aus, bevor er den Hang abwärts rutschte.

Als er zu sich kam, sah er mit verzerrtem, gierigem

Gesicht und blitzenden Zähnen das Ungeheuer vor sich.

»Mein Lumpenpack hat sich über den Berghang hergemacht, mit Hacken und Schaufeln suchen sie unerschütterlich nach Gold. Die hölzerne Krone auf meinem Kopf ist verrutscht, in einer Höhle begraben wir Black Dog; Hamasoaka breitet die Arme aus und spricht wimmernd mit den Geistern. Matt verfolgen die Tlingit das zuckende Spiel seines Kopfes – es ist an der Zeit, daß ich mein Königreich übernehme. Mein Haar sträubt sich, schaumiges Blut gurgelt aus meinem Mund, die Goldgräber bringen mir eine verstümmelte Leiche. Oh, diese Zahnspuren! ... Zufrieden wandert mein Blick über das Gesindel: Meine Herrschaft hat ihren Anfang genommen.«

Zwei Männer standen nervös an der Tür, zwei andere behielten vom Rücksitz des Dodge Brothers Burkes offenes Fenster im Auge. Endlich zeigte sich der Hausherr, um sogleich den Weg freizugeben: Die FBI-Ausweise mit dem goldenen Wappen trieben ihm die Müdigkeit aus den Augen. Als auf ihr wiederholtes Klopfen niemand reagierte, entsicherten sie ihre Pistolen und brachen, einander Deckung gebend, die Tür auf.

Sie gewahrten den ekelerregenden Schmutz, die Unordnung, die im Wind schwingenden Fenster und zuckten zurück, doch dann knipsten sie die Deckenlampe an, sahen dem Opossum in die glitzernden Augen, der Waschbär nagte mit gebleckten Zähnen am Gitter, die Maiskörner knirschten, die Tomahawks knarrten, sie traten zu Burkes Sessel.

Auf den ersten Blick ließ sich nicht feststellen, ob er nur unglaublich tief schlief oder unwiderruflich tot war: Sein Gesicht war immer noch naß vom Wasser aus den geschmolzenen kleinen Eiskammern.

4. Kapitel

Nach Juneau – Old Big stirbt – White Reindeer bei den Waldindianern – One Stab – Wap-O – Ein Museum – Kirstensen und Baranou – Abschied von den Tlingit – Die Tragödie von Fairbanks – Mit dem Schiff nach Nome – Kirstensens Leidensweg – Vor Melting Ice laufen die Eskimos weg – Rasmussens Theorie – Auf den Schneefeldern

In vollem königlichen Schmuck, angetan mit den alten Machtabzeichen der Tlingit, in schneebedecktem Fichtenzweigsattel sitzend, eine geschlossene Federkrone über der theosophischen Stirn und einen geflickten, goldtraumtrunkenen Siebschild auf dem Rücken, so ritt Melting Ice nun an seinem angetretenen, hier und da torkelnden, aber glücklichen Volk vorbei. Black Dogs Schlitten lag als erledigter Kadaver in einer nahen Schlucht, um die aufgeschlitzten, faserigen Innereien balgten sich Wölfe. Hamasoaka glitt auf breiten Schneeschuhen nach Norden, schnupperte immer wieder in die schneidende Kälte, hauchte, um sie zu wärmen, auf die Handrücken; seine in Dampf gehüllten Runzeln spannten sich – in der Höhe folgte ihm lärmend ein Schwarm Krähen, sie setzten sich auf Zweige, die sich ächzend bogen, bombardierten ihn mit Schneebatzen und steinharten Zapfen, wetzten die kräftigen Schnäbel an Sturmwolken, bis sie messerscharf waren.

In wildem Tempo nahm der Dodge Brothers mit dem Washingtoner Kennzeichen die Kurven, die Federn quietschten gefährlich; kreischend und ohne zu kauen, in großen Bissen fraßen die breiten, tief gefurchten Winterreifen die glatte Straße. Das Gesicht dicht an der undurchsichtigen Windschutzscheibe, folgte der Fahrer dem Laut der Roulettkugel seiner Intuition, hin und her geworfen, laut fluchend; die Scheibenwischer zuckten ein letztes Mal: Die gebrochenen Beine eines toten Vogels klebten an der Scheibe. Aus den Kanälen, die die Scheinwerfer gruben, trank wie ein dürstendes Tier der dichte Schneefall das milchige Licht.

»Schaffen wir's?« fragte Perkins zum hundertstenmal und preßte die Stirn an die kalte Scheibe; seit Stunden brummte ihm der Schädel.

George knurrte etwas vor sich hin; wachsiger Schweiß rann ihm über die gelbliche Gesichtshaut zum Hemdkragen, er wischte ihn mit dem Taschentuch hastig weg. Er hockte wie eine glosende Kerze, deren Flamme sich im stürmischen Wind wieder und wieder neigt, unter der Glocke der Karosserie.

»Noch vier Stunden.« Perkins lehnte sich vorsichtig zurück. Während er sich mit der freien Hand den Nacken massierte, warf er einen Blick auf George. »Was wird Angela mit ihm anfangen? Sie hat sich schon immer ein Kind gewünscht.«

Er starrte aus dem Fenster; zermalmte Schneeflocken zerrannen in seinem verzerrten Gesicht; er nahm die Karte aus dem Handschuhfach und begleitete mit der Taschenlampe das unsichere Hin und Her seines Zeigefingers: Juneau, Juneau ... Endlich fand er die Stadt. Wenigstens noch hundertzwanzig Meilen, das entspricht ... hundert Millionen mörderischen Schneeflocken, unzähligen und stetig wiederkehrenden schmerzhaften Stichen im Hirn und unendlich vielen knisternden Spänen im heißen Wachsmeer einer umgefallenen Kerze.

»Um sieben startet das Flugzeug.«

Aber Perkins antwortete nicht; mit geschlossenen Augen überließ er sich dem kranken Rhythmus des Beschleunigens und Bremsens.

O Scheiße, er ist eingeschlafen. Halb fünf? – Er trat aufs Gas, betätigte die Lichthupe, wischte mit dem nassen Taschentuch über die Stirn und die beschlagenen Scheiben, leckte sich über die rissigen Lippen. Er tastete nach einer Zigarette, ihr rotes Glimmen legte, minutenlang schwankend, immer den gleichen kurzen Weg zurück. Er schaltete die Lüftung ein. Angelas glühende Fingernägel tanzten, sich spiegelnd, dann hörte das Trommeln auf, nur die Geschwindigkeit fegte noch über die Scheibe. Er drehte sie herunter, böse Kälte strömte herein, ihre Herzen versuchten arhythmisch über die neuen und neuen Fallen zu springen, mit störrischem Schluckauf fiel nach der Müdigkeit für zehn Minuten starre Wachheit über sie her.

»Um sieben. Es startet um sieben«, grunzte Perkins und atmete tief durch.

Dann sahen sie beide wieder Burkes Gesicht:

den auftauenden, zerfließenden Schmutz seit Jahrzehnten gefrorenen Gewebes, sie sahen, wie eine schändliche Imitation von Tränen die Augen überschwemmte, wie die schwellenden Einschlüsse der Krähenfüße, Falten und Wülste aufgeweicht und verschmiert wurden und wie die perlende, brodelnde Brühe das Fleisch in zerfasernden Fetzen mitriß. Sie suchten nach einem sichtbaren, blutfleckigen Eiszapfen in Burkes Herzen, zerrten ihm das nasse Hemd vom Leib, zerrissen es an der Brust, in die lautlose Stille ihrer lauschenden Ohren schrie ein Glucksen. George und Perkins beugten sich mit angehaltenem Atem über die Hohlräume des geschundenen Schädels, und so konnten sie in einem Ödem hinter dem abschuppenden Häutchen den überwältigenden Siegeszug der Fremdheit sehen. Sie stürzten zum offenen Fenster, sogen taumelnd die lungenzerreißende Frostluft des Morgens in sich, lehnten sich bis zur Hüfte hinaus, doch niemand huschte mit einer großen Sense geduckt an den Wänden der Häuser entlang, nur der Dodge Brothers brummte im Leerlauf.

»Ein Foto wandert von Hand zu Hand, / die Schöne drauf so verdorben / wie die Karte vom alten Goldgräberland«, summte Perkins verträumt, er hatte das Lied unlängst im Radio gehört, mit zitternden Fingern stippte er eine Zigarette aus der Packung, hielt sie dann George hin, sie rauchten im Wechsel, ihr schäumender Speichel, mit Rauch vermengt, patschte dampfend auf die Motorhaube. Gekränkt zuckten die

Scheibenwischer. Perkins lehnte sich auf dem Sitz zurück, seine Zähne mahlten, als wollten sie den Schmerz zerbeißen. George sah ihn schräg an, drückte das Kinn an das kalte Lenkrad und schaltete das Radio ein, eine klagende Florida-Melodie ertönte, er drehte weiter, mitten auf seiner Stirn leuchtete ein grünes Licht, summend suchte der Weltempfänger die Hirnwellen und fand sie, er drehte die Lautstärke auf, unerträglich schrie Angela im Jenseits ins Mikrofon.

Mit Old Bigs Tod hatte niemand gerechnet. Gerade hatte er noch an gefrorenem Käse genagt und mit seinem Würgen die dummen Tlingit genarrt, den Kameraden Kunststückchen mit seinem Goldsieb vorgeführt, seine zerlumpten Fußlappen poliert, sich die Schneeflocken aus dem struppigen Bart geschüttelt und sich in die Nähe des Königs gedrängt. Old Big starb unerwartet. Gerade hatte er noch sauren, muffigen Wein getrunken, glückselig dem Rauch der billigen Zigarette in seiner Hand nachgesehen und einfältig seinen billigen Goldgräbertraum geträumt, auf der Stirn das gemeinsame Mal der Old Bigs, den Schmutzfleck in der Form eines Heptaeders. Old Big starb unerwartet. Er drückte sich beim Pferd des Königs herum, wichtigtuerisch spritzte Speichel auf seine eingefallene Brust, gurgelnd hustete er seine farblose Zunge hervor, mit krummen Fingern hielt er seinen verdreckten Skunkmantel zusammen, lärmend stürzten die Goldbarren vom obersten Regal, rissen ihn um, begruben die edleren Organe unter sich. Oje, die Schatzkammer ist zusammengebrochen! Schiebend und stoßend drängten sich stumm und bekümmert die Old Bigs herbei, betasteten den Daliegenden, zerrissen das dreckversteifte Iltishaarfutter des Skunkmantels, suchten schnaufend und eifersüchtig nach dem verborgenen, teuren Geheimnis, nach dem Säckchen mit dem Goldstaub, einer Karte, einer Hinterlassenschaft, nach Trost für die trauernden, armen Old Bigs. Old Big starb unerwartet, auf einmal war er weg, die geprellten, häßlich betrogenen Old Bigs streuten finstere Flüche auf seine Bettlerleiche, schütteten aus ihren Sieben gefrorene Erdschollen in die Grabgrube, besprachen zischelnd und verkniffen sein wertloses, dreckiges, verräterisches, verlogenes, unwirkliches Leben, spuckten ihre verleugneten, verkrüppelten, verkommenen Erinnerungen aus. Old Big starb, unerwartet, dem König fiel eine eisgraue Wimper ins starre Auge, sein blutrünstiger, hungriger, räuberischer Blick streifte knisternd über das hartgestampfte Schneefeld.

In wildem Tempo fuhr der Dodge Brothers auf Juneau zu, bis zum Start hatten sie noch knapp eine Stunde. Sie schwiegen; Burkes Namen hätten sie nicht einmal versehentlich erwähnt. Es war eine Routineaufgabe gewesen, die ihnen das BIA übertragen hatte: Sie sollten Verbindung mit Roger Burke aufnehmen und ihn auf die Möglichkeit hinweisen, daß der vor zwanzig Jahren verschwundene Liam

Tomlinson noch am Leben war. Im Frühjahr hatte eine Indianerzeitung Beiträge veröffentlicht – gezeichnet mit »Melting Ice« –, die auf Lieutenant Tomlinson hindeuteten; nach den Unterlagen in der Registratur konnte kein anderer über die betreffenden Informationen verfügen, höchstens noch Burke.

Doch sie hatten Tomlinson alias Melting Ice nicht mehr angetroffen, er war in der ersten Juniwoche aus Chicago verschwunden. Er hatte seine Wohnung gekündigt, im Haus erinnerte sich kaum jemand an ihn; seine Außenstände hatte er immer mit Schecks beglichen. In der Universität richteten sie gleichfalls nichts aus – auf dem verbarrikadierten, qualmenden Gebäude flatterte eine zerrissene Fahne, gereizte, einsatzbereite Polizisten sowie Rettungs- und Feuerwehrwagen versperrten den Zugang. Seit dem 5. Juni, dem Tag, an dem die Unabhängige Indianerrepublik ausgerufen worden war, hatten die Aufständischen keinen Kontakt mehr zur Außenwelt.

In Burkes Personalakten hatten sie nur einen Blick geworfen – sie hätten gerne die nebulösen Umstände seiner Ernennung, vor allem aber seine Verbindung zu Tomlinson geklärt. Aber Burkes Tagebuch über die Untersuchung der Ursachen für die Niederlage bei Fort Dawn und sein Bericht an den Kongreß boten keinen Anhaltspunkt: nichts als flüchtig und hastig aufgeschriebene, unsichere Vermutungen, keine Beweise. Daß Lieutenant Tomlinson tot war, das war vielleicht nur eine tautologische Übersteigerung seines Verschwindens; Tatsache war, daß Burke in seinen Berichten nie mehr seinen Namen erwähnte.

Die zerfallende Leiche des Colonels hatten sie Hilfsermittlern überlassen, denen kotzübel war; sein Wahnsinnszimmer hatten sie versiegeln lassen; den Hausherrn hatten sie eingeschüchtert; sie hatten eine strenge Nachrichtensperre angeordnet – ein Journalist mit seiner Kamera …

George gab noch mehr Gas und drehte wütend das Radio lauter. Voice of Alaska brachte Countrymusic, heiseres Plärren tröpfelte Sehnsucht nach dem sorglosen blauen Himmel von Florida in ihre Herzen. Von Juneau wollten sie, mit Umsteigen in Chicago, nach Washington. Perkins hatte in seiner Aktentasche die schmutzigen Blätter, die Burke aus der Hand gefallen waren, und in der Grausubstanz hatten sie die perfekt konservierten Fingerabdrücke des Unbekannten.

White Reindeer irrte noch tagelang in mythisch enger und enger werdenden Kreisen durch die Wildnis, sein Herz an die Stille gewöhnend. Er hoffte, eine Spur von Wap-O zu finden. Tief vorgebeugt las er die komplizierte Schrift von Wildschweinen, Füchsen, Pumas, Fischmardern, Murmeltieren und Spitzmäusen, hielt er Ausschau nach Zeichen: niedergetretenes Gras, abgebrochene Zweige, lange, wehende Haare an dornigen Sträuchern. Er saugte Schnecken aus kalkigen Spiralpalästen, zählte mit monotonen Kinderreimen rote, blaue, gelbe, weiße, grüne Beeren, dann Stinkmorcheln, Knollenblätterpilze, Steinpilze ab. Auf dem Bauch liegend, jagte er zwischen fauligem Laub stachelige Raupen, aus den atmenden Poren des Humus schob er sich Regenwürmer in den Schlund – die Körpersäfte des Gewürms stärkten ihn für die Aufgabe. Aus den Hufspuren des Karibus trank er abgestandenes Regenwasser.

Unaufmerksam hinterließ er mit seinen zerrissenen, durchgelaufenen Mokassins tiefe Spuren im Gras; sein erschöpfter, fiebernder Körper nahm abgebrochene Zweige mit; seine schwarzen Haare schwebten an Dornenspitzen. An blutstriemigen Kriegspfaden stieß er auf muschelförmig angeordnete Blatthaufen, im Geäst vertrockneter Mammutbäume auf baufällige Kanzeln, aus Reisig geflochten.

Weiche, ungestüme Hände packten seine Arme, drehten sie nach hinten und fesselten sie, drückten seine Nase in den süßlichen, vertrauten Humus, warfen ihm eine schwere, erstickende Decke über den Kopf. Stumme Waldindianer huschten dem Mittelpunkt ihres barockartigen Pfadlabyrinthes entgegen – zwischen ihnen lief blind White Reindeer, stolperte über bemooste Wurzeln, ein Strick zerschabte ihm Handgelenke und Hals, seine geschwollenen Adern pochten schmerzhaft. Fast zersprang sein Körper von der neuen Dimension der Welt: Als Sinnesorgane der Furcht traten die Säfte des Gewürms aus seinen Poren.

Die Kampftrommeln bullerten, vermengt mit den

düsteren Klangfetzen zweistimmiger gregorianischer Gesänge; durch das Geräuschgewirr spukte der Teufel der Pentatonik. Aus rußigen Kesseln wurde Tee geschöpft, stark wie Gift, an Marterpfähle gebundene Indianer schlürften ihn apathisch; ihr Schamane malte mit einem kleinen Holzkreuz Fische in den Staub, aber er warf, unverständliche Worte brummelnd, das Netz vergebens nach ihnen aus. White Reindeer las benommen die Worte in dem verschlissenen schwarzen Buch, das man ihm unter die Nase hielt: »Ihr Töchter von Jerusalem, weinet nicht über mich, sondern weinet über euch selbst und über eure Kinder. Denn siehe, es wird die Zeit kommen, in welcher man sagen wird: Selig sind die Unfruchtbaren und die Leiber, die nicht geboren haben, und die Brüste, die nicht genährt haben! Dann werden sie anfangen, zu sagen zu den Bergen: Fallet über uns! und zu den Hügeln: Decket uns! Denn so man das tut am grünen Holz, was will am dürren werden?«

Der Tod, der Tod, der Tod – so summte und surrte es nicht verstummen wollend wie eine ewig läutende Glocke in seinem Kopf, so dröhnte es über Büsche, Gräben, Bäche hinweg: Der Tod winselt in uns allen, nach dem Tode kann man nicht mehr ebenso sprechen. Er floh, auf seiner gefühllosen Zunge duckten sich Wörter, sein Blick zuckte noch immer zwischen den Zeilen hin und her – Sterbende schrien ihm den letzten Refrain ins Ohr. Er rannte, die Sohlen der Mokassins lösten sich, überall wehten seine Haare, er lief in einem blutbespritzten Urbild, im

Wald, stürzte als eisiger Holzklotz die erlösende, verlassene Landstraße entlang. Einen Schritt von ihm entfernt hielt mit rauchenden Reifen ein Dodge Brothers, fluchend legten sie den steifen Körper auf den Rücksitz, aus dem Lautsprecher erklang die reine Stimme von Os-ke-non-ton, dem rothäutigen Caruso.

Bis zum Start der Maschine hatten sie kaum noch eine Viertelstunde. Matt an ihren Zigaretten saugend, sahen sie zu, wie langsam wieder Leben in das Gespenst kam, das, seit sie ihm ihre Ausweise gezeigt hatten, pausenlos vom Tod quasselte. Perkins hatte mit dem Amt für Ausländerkontrolle in New York telefoniert, so wußten sie bei ihrem Verhör bereits, daß er binnen Tagen aus den Staaten abgeschoben werden konnte.

Der Versuch war Georges Idee. Er nutzte ein kurzes Schweigen, um White Reindeer wortlos ein altes Foto von Lieutenant Tomlinson hinzuhalten.

»Melting Ice«, flüsterte White Reindeer mit runden Augen und nahm ihm schaudernd das vergilbte Foto aus der Hand. »Er sieht Melting Ice zum Verwechseln ähnlich!«

Sie traten ihre Zigaretten aus und liefen zum Telefon. Eine halbe Stunde später füllten sie in einem Hotel die Meldezettel aus. Für den nächsten Morgen bestellten sie die detaillierteste Karte von Alaska. Von Washington ließen sie sich mit einer umfassenden Vollmacht zu weiteren Ermittlungen ausstatten.

Sie zogen an den südlichen Ausläufern der Brooks Mountains entlang nach Nordwesten, in die Richtung, wo die Eisfelder der Beringstraße und der Tschuktschensee ineinander übergingen, wobei sie sich allmählich von der schraffierten Linie des Nördlichen Polarkreises entfernten. Ihre Wegstrecke markierten die unbeerdigten Leichen von Old Bigs, der Polarwind trug das stechende Roßhaar aus dem zerschnittenen Futter ihrer Mäntel davon. Schnee legte sich über die Lumpenflecken ihrer Siebe. An der Spitze des immer kleiner werdenden Trupps tappte torkelnd und an der zottigen Mähne seines mageren Gauls Halt suchend Melting Ice, der in Pelzen Geborene; frierend zog er sich die Seehundfellmütze tiefer ins Gesicht, verschloß die Ohren vor den Klagen seiner Tlingit und dem unaufhörlichen Lamentieren der Old Bigs.

Seit mehr als zwanzig Jahren war niemand hier gewesen – umsonst versuchte die Landschaft sich zu erinnern: Nur abschreckende, trostlose, nebelerfüllte Bilder drängten aus der Tiefe empor. Dennoch breitete sich die Unruhe unaufhaltsam in den diluvialen und pliozänen Schichten der Erdkruste aus. Mit leisem Grummeln bewegten sich unvermittelt die scheintoten Mineralien, Schneewasser sickerte in die bodenlosen Haarrisse. Aus dem gezackten, zerbrochenen Krater des unbehausten und verlassenen Mt. Blackburn schossen glühende Lavafetzen in den Himmel.

Hamasoaka legte sich auf den Schnee und nahm es

reglos hin, daß sich krächzend Krähen mit klingenscharfen Schnäbeln auf seiner Brust niederließen.

Die mangelhaft ausgerüsteten, durchgefrorenen Männer des Melting Ice drangen tief in das Eskimoland ein, dessen Gestalt sie nicht kannten. Die Tlingit-Späher verschwanden spurlos in einem gewaltigen Schneesturm, gelangweilt nagten Eisbären an ihren Schneeschuhen. Einige Old Bigs, die nicht mehr recht bei Verstand waren, zerrissen die Fütterung ihrer Mäntel, verbrannten kreischend das Roßhaar, stülpten sich die Siebe auf den Kopf und warfen sich mit zusammengebundenen Bärten in die dumpf tosende Eismühle des Seward-Gletschers.

In Melting Ices Mundwinkeln kräuselte sich der geriffelte Kamm einer Spur von Schaum. Seine Zunge zuckte zurück ins Gefängnis der Zähne. Seine Befehle zeichneten strenge Diagramme in den Schnee, seine langen Blicke peitschten die Männer, die seinen Plänen gemäß Aufstellung nahmen – er konzentrierte sich voll und ganz auf den nun folgenden Abschnitt ihrer Unternehmung.

Über seinen verblödeten Gedanken schrie besorgt der Himmel; alluviale Faltenschichten zuckten und rieben sich zögernd aneinander. Ein erbarmungsloser Wink mit der Hand, und sein ausgeliefertes, gepeinigtes, häßlich betrogenes Volk strömte lautlos zwischen die blinkenden Felsgrate der Eisberge.

»Verabschiede den letzten Old Big. Sieh: Seine Augen, triefend und geschwollen von der Anstrengung, hängen noch gierig an dir, mit seinem löchrigen Sieb folgt er dir wie ein weggejagter Hund – er hat ja nur noch dich! Hab Mitleid mit dem Elenden: Siebe ihm mit deinem struppigen Bart Gold aus der stürmischen Luft, wasche in reichlichem Strahl seinen Speichel, kratze das teure chemische Zeichen des Platins von seiner Haut. Soll er sich freuen, der Ärmste. Soll er die Brust gegen den zermürbenden Wind stemmen, soll er der Mondeule ein Liedchen summen – soll er seine Fußlappen in die Adria werfen. Sieh: wie hart seine Hose ist vom gefrorenen Urin; komm, zieh sie ihm aus – verbrenn sie zu einem Häufchen Pyrit. Soll er weinen, der Ärmste. Zeige ihm Fallen, zeige ihm Diamantgitter; soll er seine Finger in die trügerischen Räume der Doppelbindungen stecken, soll er sich die Nägel verbrennen. Zeige ihm etwas, irgend etwas! – beeil dich, sonst hast du keinen Old Big mehr! Vergebens belauerst du ihn, stopfst seine graue Zunge zurück, saugst ihm den Schnee von den Augen, die rinnenden Säfte vom Kinn! Vergebens schreist du durchs Sieb ihm ins Ohr, deine gefilterten Wörter stauen sich in der Stille. Laß seine schlaffe Hand sinken, sein Pulsschlag verströmt sich – oh, diese Schande. Mit bläulichen Nasenlöchern verdrückst du dich, der aufgewühlte, dunkel schäumende Himmel siebt argwöhnisch Old Bigs auf dich herab.«

Obwohl er ein Taschentuch auf Mund und Nase drückte, erstickte One Stab fast vor Staub, die Tränen in seinen Augen brannten. Er rüttelte an einem Dachziegel, trockener Taubenkot und Dreck von Jahrzehnten rieselten ihm ins Genick. Splitterige Balken, sinnlos vollgeschlagen mit rostigen Nägeln, verletzten seine Hände; schwarze Ringe lagen um seine Lider. Endlich konnte er den Biberschwanz einen Spaltbreit verschieben – gepanzerte Fords versperrten die Straßen, Soldaten mit Karabinern in der Hand kletterten über Mauern. Auf dem menschenleeren Gelände schlappten die Lederfetzen niedergebrannter Tipis im Wind. Ein paar Strolche machten Jagd auf herumliegende, zerbrochene Tomahawks, geknickte, zerzauste Adlerfedern und enttäuscht in die Asche der Lagerfeuer geworfene Kalumets. Auf den Blitzableitern putzten sich Geier die Federn – ein unförmiger Kriegszeppelin verdeckte die Sonne, sein Propeller quirlte träge die Luft.

Er ließ den knarrenden, verzogenen Sparren los und balancierte über den Kehlbalken; Bitterkeit durchflutete ihn als Müdigkeit; langsam stieß er sich ab und streifte mit dem Mokassin eine Bauklammer; an seinen Fingern öffnete sich ein staubiges Spinnennetz; den verstauchten Knöchel drückend, stolperte er zur Falltür und kletterte die Metalleiter hinab, dem einsamen, durchlöcherten Schädel von One-Who-Sees-As-A-Bird entgegen. In den Falten der Fingerspitze sah er geronnenes Blut, er leckte es mit geschlossenen Augen ab, löste den Tomahawk aus der Hand seines Vaters, riß ihm den Medizinbeutel vom Hals; dann goß er Wacholderschnaps über den Toten und setzte mit zitternder Hand die Fransen der Hirschlederhose in Brand. Mit seiner Spucke blendete er eine gaffende Fensterscheibe. Er hinkte durch die Korridore, deren Wände Plakate bedeckten: Indianerliebe, Indianersommer, Gebt uns die Prärie zurück!; auf dem Fußboden tanzten zertretene Grammophontrichter mit dem strudelnden Luftzug im Kreis, unnütze Lautsprecher hingen in den Fenstern, in tausend Stücke zerschellte Schallplatten knirschten, als er durch das seit Monaten leere Haus lief; in umgeworfenen, kreiselnden Flaschen blinkten geheimnisvoll die letzten Tropfen einer goldgelben Flüssigkeit.

Schwitzende Einsatzkräfte hatten den still daliegenden Gebäudeflügel umstellt. »Jeder Widerstand ist sinnlos! Stellt den Kampf ein!« schrien sie heiser in die Lautsprecher, dann zerschossen sie die Fenster, in denen sich das Abendlicht brach; lehmgelbe Glassplitter fielen zögernd auf One-Who-Sees-As-A-Birds staunend lauschendes, versengtes Ohr.

Der Zeppelin streute Sandsäcke auf das Dach, schreiend stürmten die Einsatzkräfte das aus den Angeln gerissene Portal, entwaffneten grob die wogenden Gebilde des Rauches, krochen über rußige Balkenstümpfe zu der dämonischen Fahne und warfen sie triumphierend in die Tiefe – auf den knochenkühlen, stummen Steinplatten streckte sich eine tote Swastika aus.

One Stab irrte trauernd durch das Labyrinth des Kanalisationsnetzes; während der Revolution hatte er kaum mit seinem Vater sprechen können. Während der eine die Fahne der Indianerrepublik zum Platz hin schwenkte, schickte der andere seine Rufe über die Lautsprecher in die geräumten Straßen. Melting Ice ... er ist jetzt die einzige Hoffnung! Beim Gedanken an den einsamen, schneebedeckten Mt. McKinley leuchteten seine Augen auf. Er schob mit den Füßen den Unrat aus dem Weg und band sich sein durchnäßtes Hemd um den Hals, beleckte die Fingerspitze, hielt sie in den ammoniakgetränkten Luftzug und schlug die Richtung ein, wo, das Licht der blassen Polarsonne spiegelnd, die endlosen, freien Schneefelder von Alaska lagen.

In halsbrecherischem Tempo fuhr der Dodge Brothers nach Norden. Perkins betrachtete versonnen die vorüberhuschende Landschaft, auf seinen Knien lag eine großformatige Karte, sein Zeigefinger ruhte ganz oben, wo ein Bleistiftkreis das düstere Massiv der Brooks Mountains hervorhob. In der ersten Hälfte der Nacht hatten sie Tomlinsons Aufzeichnungen gelesen, in der zweiten sich schlaflos im Bett gewälzt – das Gesicht Burkes und das identifizierte Foto des verrückten Lieutenants schoben sich immer wieder aufeinander. Stumm und lustlos hatten sie gefrühstückt und dann ein paar Museen besucht. Sie fanden eine kleine Ausstellung über Eskimos, eine spitze Harpune aus dem Stoßzahn eines Mammuts ritzte ihre unvorsichtige Hand, erstaunt schoben sie ein Walhautkajak über den glatten

Geländeprofiltisch. Sie sahen malerische Phantasiebilder von Ühl, der Hauptstadt, und brusthohe, trostlose Schneefelder; auf Eisschollenschiffen rätselhaft dreinblickende, Seehundblutsuppe schlürfende Eskimoführer mit verschwommenen Gesichtern; die Leiche eines halb aufgefressenen Kindes am gähnenden Eingang einer Eishütte; Kampfschlitten mit bedrohlichen, diszipliniert dahockenden Schreckenshunden.

»Die Museen sind zwangsläufig scheußlich geworden«, sagte mit gläsernem Blick der Aufseher, der sie begleitete, »denn ihrer Mission gemäß haben sie die Gesamtheit der Vergangenheit, also des Todes zu sammeln. Der seit kurzem vereinigte Todeskult des Positivismus und der Religionen bemüht sich nun, das Museum und das Leben miteinander zu versöhnen. Ich habe dazu meine eigene Meinung. Wie ich sehe, interessiert das Thema auch Sie – die meisten schreckt es leider ab. Aber warum gehen die dann nicht lieber nach Point Hop?«

Aufgewühlt hatten sie ihre Walroßblasensuppe gelöffelt und die gebratenen Haifischaugen aufgespießt und zerkaut. Point Hop war auf der Karte nicht zu finden, auch an der Rezeption erkundigten sie sich vergebens. Ärgerlich nahmen sie zur Kenntnis, daß man ihnen einen Bären aufgebunden hatte. Sie warfen ein Stück Zucker in den siedendheißen Kaffee, tranken und nahmen Abschied von Juneau, während sie ächzend in den mit brummendem Motor wartenden Dodge Brothers stiegen. Perkins bekam sofort stechende Kopfschmerzen, in der Tasche seiner zerknitterten Jacke steckte das abgegriffene Foto. Er schaltete das Radio ein und lehnte sich zurück; er wartete auf den Wetterbericht, auf die warnenden Schallexplosionen der meteorologischen Ballons im Äther. Die nun doch zum Reiseziel erklärten Brooks Mountains, die allein in Tomlinsons Tagebuch einen Anhaltspunkt boten, schienen ferner zu liegen als die gesegneten Gefilde Floridas.

»Der Wald will mich haben. Seit Tagen folgen mir die Bäume, beobachten mich mit blinkenden Beerenaugen die Sträucher, hascht wollüstig das spärliche Unterholz nach mir; allmählich weiß ich nicht mehr, wohin ich treten soll. Ich mache mich klein und husche dahin wie damals, als ich noch ein kleines Mädchen war. Ich lausche: Die verpuppte Stille wächst, nagt geduldig an der Schale ihrer Zeit. In meinem Haar wie Liebesbriefe die Blätter eines Baums.

Weiter, weiter, sie können mir auf der Spur sein. Was mögen sie nach dem Erwachen empfunden haben? White Reindeers pechschwarze Locken, Melting Ices ungewißblauer, strudelnder Blick. Mein Tee, am Vorabend gekocht, war am Morgen rußbedeckt. Was sollte ich tun? In meinem Mund der herbe Geschmack von Küssen, die verborgen bleiben müssen. Die Elektrizität ihrer Berührungen an meiner Haut. See-non-ty-a wird den Augenblick, als er mich hieß, ihnen zu folgen, tausendmal verfluchen. Er wird mich in sein Tipi sperren, Asche auf seinen

Kopf streuen, sich an den Marterpfahl binden lassen. Mein Leib scheidet Gifte des Glücks ab – ich bin nicht rettbar! –, mein Wort schneidet als brausende Klinge in sein Hirn. Was könnte ich ihm sagen? Daß ich es wußte, schon vorher?

Weiter, weiter, bevor sie mich einholen und ich mich entscheiden muß. Eine Linde versperrt mir den Weg, Platanenflocken laden zum Bleiben ein, Wacholder schmeichelt meinen Händen. Feuchtes Laub leckt an meinen Sohlen. Winzige Pilzsporen kitzeln meine Nase. Die Bäume reißen sich um mich, fordernd und eifersüchtig stehen sie da, locken mit Laubkronen und mit ehrfürchtigen Sternen über den Wipfeln, mit Eichhörnchendienern, die zu unserer Hochzeit eilen, und mit Scharen von Vogelgästen. Ihre Wurzeln zermahlen das zähe, harte Erdreich, winden sich zu den unwissenden Maulwürfen, breiten sich aus; wütende unterirdische Kämpfe toben um mein nachgiebiges Nicken.

Wenn ich behutsam die Zweige teile, werfen sich grobe Wurzeln vor meine Füße, reißen kreischend und mäkelnd Dornen an meinen Kleidern, werfen verbündete Vogelscharen den ätzenden, nachtschwarzen Teer ihrer Enttäuschung auf mich herab. Sie sagen es allen weiter; weiter, weiter haste auch ich, weinend vor Scham, euch entgegen, die Spinnen werfen als klebriges Netz ihr grausames Lächeln über mich. Was werdet ihr anfangen mit euren vertrocknenden, kümmerlichen Bäumchen, euren geduckten, dunklen Gedanken, wenn hinterhältiges

Laub eine letzte Falle stellt und grimmige Fichten tobend ihre Mäntel voll mörderischer Messer über mir schütteln – was fangt ihr jetzt an, wo der Wald mich haben will.«

One Stab huschte in einen Hausflur; am Himmel patrouillierten Zeppeline, an den Fenstern standen geduckt Fahnder, scharfe Feldstecher an die Augen drückend – in den müden Fokussen vibrierten die Phantombilder aufständischer Indianer. Kirstensen war nervös, er steuerte die Aktion, er mußte um jeden Preis Widerstandskämpfer finden. Wegen des einige Monate vorher ausgebrochenen, verheerenden Rußlandkriegs verlangte das FBI strengstes Vorgehen von ihm; man nahm an, die kurzlebige Republik sei unter deutschem Einfluß ausgerufen worden, wobei die Übereinstimmung der Symbole eine Rolle gespielt habe. Die Einsatztruppen hatten mit Ausdauer erst die inneren Viertel durchkämmt, Wohnung für Wohnung, sie hatten museumsreife Lassos und indianische Handarbeiten beschlagnahmt und Abkömmlinge bis ins dritte und vierte Glied zum Sammelgefängnis gebracht. Gepanzerte Polizeiwagen fuhren über die menschenleeren, verkommenen Promenaden und zerrissen mit ihrem Hupen die ungewohnte Stille des Ausgangsverbots. Die Einwohner hockten hinter geschlossenen Fenstern, das Geschehen niedergeschlagen durch die Gardinen und Jalousien beobachtend, als säßen sie in eilig errichteten Luftschlössern der Verständnislosigkeit und Ungewißheit; wie eine geblähte Fahne flatterten der sonst kaum hörbare Lärm aus den Schlachthöfen und das nicht enden wollende Todesgebrüll des Schlachtviehs über der Stadt.

Kirstensen hatte die Meldung von der niedergebrannten, leeren Universität nicht glauben wollen, mißmutig schritt er das lückenlose Spalier seiner Leute ab, die sich den Schweiß im Bad der Erleichterung abwuschen, mißmutig nahm er ihre Ehrenbezeigung entgegen. Die rußigen, glanzlosen Flaschen, die geschmolzenen Schallplatten, die Lautsprecher und der verkohlte Unbekannte in der schmierigen Asche von Fensterrahmen und Möbelstücken ließen ihn nicht an einen Sieg glauben. Als er nachdenklich vor dem Bild der Verwüstung stand, stieg ein Gefühl in ihm hoch, das er kannte: Als er zwanzig Jahre zuvor im Kongreßgebäude dem aus Alaska heimgekehrten Colonel Burke zugehört hatte, war er sich auf ähnlich bedrückende Weise der Vergeblichkeit bewußt geworden.

Auf einem halboffiziellen Empfang am Abend erzählte er Baranou von diesem merkwürdigen Erlebnis. Vielleicht zum letztenmal vor seinem Rückzug kniff der vielgeplagte FBI-Chef die Augen zusammen. »Es ist interessant«, brummte er als Antwort, »wie oft heutzutage von diesem Burke die Rede ist. Und von Tomlinson erst recht. Erinnern Sie sich auch an den? Wissen Sie, es gibt da Anzeichen ... Aber noch interessanter ist, daß Burke nicht mehr lebt. Ja, er ist tot, seit einer Woche. Und hinterläßt ein Zimmer voll mit Swastiken. Peinlich ... und ein bißchen sonderbar. Meinen Sie nicht auch? ... Und was halten Sie von Alaska, mein Freund? Schneefelder, Vulkane, Stille ... Ja, wir haben an Sie gedacht, letztlich hängt ja alles mit allem zusammen. Sie haben angefangen, von Burke zu sprechen. Interessant ... Sie stehen vor Moskau, haben Sie gehört? Und was zum Henker unser Kamerad Tomlinson bloß macht. Freilich, Sie haben nichts davon gehört, eine streng vertrauliche Sache. Aber jetzt müssen Sie es wissen, mein Freund. Auch Melting Ice hat dort studiert. Man hat ihn erkannt, er ist Tomlinson. Ja, ja, jetzt verstehen Sie. Indianer, Fahnen, Eskimos, Kriege. Blasses Polarlicht. Was sind das für Metaphern ... Wir brauchen Sie, verstanden? Überschlafen Sie 's. Kommen Sie morgen zu mir, wir klären alles. Kein langes Kopfzerbrechen, wir haben nicht viel Zeit.«

Die Gleise zogen sich für One Stab in eine unerreichbare Ferne, faul brieten und knackten ihre Metallrücken in der kraftlosen Herbstsonne. Die Patrouillen auf den Straßen waren ausdauernd und aufmerksam. Er war im Schutz von stacheligem Gestrüpp auf allen vieren auf den Damm gekrochen. Den Streckenabschnitt hier kannte er gut; er wußte, wo der Zug wegen der Weichen das Tempo verringern mußte, und wenn er Glück hätte, würde er aufspringen und sich in einem Güterwagen verstecken können. Falls dort nicht schon irgendwelches Gesindel war. In seinem Gürtel steckte One-Who-Sees-As-

A-Birds Tomahawk. Er legte das Ohr auf das Eisen und wartete. Erst leise würde das Geräusch sein, dann lauter werden, schließlich würde das Dröhnen verräterisch alles ausfüllen, und mit einem lärmenden Kreischen würden die erhitzten Metallräder bremsen. Wenn es doch endlich käme, das eiserne Pferd, und ihn wegbrächte, erst nach Westen, dann zurück in das verhaßte Reservat! Von dort würde es leicht sein, als harmloser Reisender in das nahe San Francisco zu gelangen, sich unbefangen im Hafen umzusehen und ein Schiff in das ersehnte Land zu finden, nach Nome, nicht so sehr weit entfernt vom Nordpol – in die eisigen, freundschaftlichen Arme Melting Ices, zu seinen unbekannten, kalten Gedanken.

Die Tlingit steckten die Köpfe zusammen, sie berieten sich mit Zungen, die starr waren von der Kälte. Nach den Old Bigs waren nun sie an der Reihe, wie es schien. Steif und gleichgültig saß in einiger Entfernung ihr König auf seinem Pferd, das Gesicht nach Norden gewandt; der stürmische Wind hatte ihm längst die Federkrone und die warme Mütze aus Seehundleder weggerissen; gefrorene Haarsträhnen peitschten ihm ins Gesicht. Er hatte sein wieder und wieder geflicktes Netz vom Rücken genommen und auf das Grab des letzten Old Bigs geworfen und gewartet, bis der Schnee es zudeckte, dann erst hatte er darauf gespuckt. Sein Fichtenzweigsattel hatte die Nadeln verloren, die trockenen Zweige brachen unter seinem Gewicht; er beobachtete einen einsamen Eiswolf, der knurrend fraß, immer wieder witternd den Kopf hob, kläglich in die Stille hinein aufheulte. Aufgeschreckte Krähen schnarrten über ihm.

Abgesandte näherten sich, schleppten sich gekrümmt durch den hohen Schnee, stummes Seufzen schwebte durchscheinenden Blättern gleich um ihre Münder. Anfangs beklagten sie noch einmal Black Dog, ihren letzten großen Häuptling. Er sei ihre Jugend gewesen. Dann redeten sie von Hamasoaka, und sie hätten befürchtet, auf dem Eis des Yukon habe er ihnen seinen Willen aufzwingen wollen. Er habe sie betrogen, denn die Geister hätten ihrem Herrscher, Melting Ice, längst den Verstand geraubt, so hätten sie ihn schon unterwegs gefunden. Aber dann hat Hamasoaka dich erkannt, sagten sie, und er hat den freiwilligen Tod gewählt, ohne auf dich zu warten, Herr. Denn du bist, König, der Herrscher über den Tod, unter deinem unsichtbaren Mantel verbirgt sich ein abscheuliches Ungeheuer. Du brauchst den Tod, damit du lebst, deshalb jagst du uns jetzt zu den Eisbergen, deshalb hast du mit dem Frost die Old Bigs getötet. Auch wir haben dich erkannt, König: Du bist der Menschenfresser vom Nordweltende!

Mit unbewegter Miene starrte Melting Ice auf die Gruppe ehrfürchtiger Tlingit, die Dampfwolken um ihren Mund, die unaussprechbaren Wörter auf ihren lahmen Zungen. Mit zeitloser Geduld wartete er darauf, daß sich endlich der Himmel öffnete, daß sich mit Gedröhn das Eisfeld teilte, daß sich der langsam mahlende Schoß der Gletscher mit kochender Lava vermischte. Regungslos beobachtete er die makellose Stille ihrer Wörter, das Strömen des Blutes unter ihrer Haut und ihr Bemühen, das unregelmäßige, aufgeregte Pochen ihrer Herzen in Sprache umzuwandeln. Er sah, wie sie versteinert in der Sonne standen, wie die leeren Furchen ihrer Falten unterm Schnee verschwanden, er sah, daß sie gleich auf die Knie fallen und schluchzend die Knochenbeine seines siechen Gauls umklammern würden. Das Pferd wieherte nervös auf, schüttelte den mageren Kopf und drehte ihn nach hinten, trat dann mit geblähten Nüstern nach dem angreifenden Nichts; in gefrorenen Büscheln platzte ihm die Mähne vom Hals, der abgenutzte Huf schnitt ein faustgroßes Fenster in eine Schneewehe. In Melting Ices Hand brach der Zügel. Dann stand er unglücklich, Mähnenstücke umklammernd, neben dem steifen, toten Pferd und gab mit seinem Blick die verräterischen Tlingit frei. In einer langen, lockeren Reihe zogen sie zögernd und beschämt ab, nach Süden, immer nach Süden. Sie verließen den König. Melting Ice spritzte schaumiger Speichel auf das Kinn, seine Zunge zuckte krampfhaft im Gefängnis der Zähne, der Adamsapfel sprang ihm im Hals. Seine Stimme klang wie Wolfsgeheul: melodiös, schmerzlich und voller Sehnsucht. Aus der Ferne antwortete ihm das Rudel.

»Denke an Wap-O! Wie mag es ihr gehen? Wen blitzen ihre bekümmerten, maronenfarbenen Augen an, wem kocht sie Thymiantee? Sieh dieses Wogen des Nebels, als wolle er von deiner Hand gestreichelt werden. Du bläst ihn weg, er siebt dir Nässe in die Augen und den Mund. Wieder bist du allein. Die Erinnerung ertastet Wap-Os leeren Platz auf dem kümmerlichen Bäumchen deines Bewußtseins, sieh nur, wie sie sich enttäuscht und frierend zusammenrollt in der Tiefe ihrer verborgenen Zelle. Die Wärme ... Erinnerst du dich noch? Die Geräusche einer Sommernacht ... das Gelb und Rot der Flammen in ihren Augen. Dein Kuß ist heute ein Traum deines welken Gaumens, deiner blutenden Zunge. Denke an Wap-O! Wie mag es ihr gehen? Ihr funkeltet in der Stille, Bäume beugten sich gierig über euch, lernten die gefährliche Sprache des Verlangens, tranken von den glühenden, strudelnden Strömen. Wurzeln drangen näher, lauschten mit verletzten, nässenden Knorren, übten in ungeschicktem Chor Wap-Os unaussprechbaren Namen. Aufgeregte Käfer krochen in die warme Asche ihres Lagerfeuers, fieberndes Moos an dem verbeulten Teegefäß hütet die Spuren ihrer Finger. Doch vergebens scharre ich den harten Schnee aus deinen verschütteten, verlassenen Gruben, schwitzend im eisigen Sturmwind, vergebens grabe ich in bodenlose, erschreckende Tiefen – nirgends finde ich Wap-O in dir, nicht in deinen Bewegungen und nicht im Zucken deiner Mundwinkel, nirgends, nirgends. Knochensplitter bohren sich in deinen welken Gaumen, du stößt blutige Fleischfetzen auf den Schnee, zermahlst in monotonem Knirschen rohe Stücke deines toten Pferdes. Dunkle Wolkenschatten ziehen über dein umnachtetes Gesicht. Ein Rudel mit funkelnden Augen duckt sich abwartend zwischen den Schneewehen. Denke an Wap-O, denke noch an sie! Heule den bleichen Mond an!«

Der Dodge Brothers fuhr in halsbrecherischem Tempo nach Norden, wo Fairbanks lag und wo sie im Hotel bereits ein Telegramm Baranous erwartete: Sie sollten die Ermittlungen erst fortsetzen, wenn sie mit Commander Kirstensen gesprochen hätten, dem neuen Gouverneur von Alaska. George und Perkins lehnten sich müde an das Empfangspult, anfangs verstanden sie nicht recht, was der Portier von ihnen wollte. Sie gafften ihn aus blutunterlaufenen Augen an, studierten verwundert den Zettel, den er ihnen hingeschoben hatte.

»Kirstensen«, brummten sie. »Wer zum Henker ist das?«

Perkins richtete sich in einer Telefonzelle ein und wartete auf die Verbindung; aus der Bar sickerte leiser Jazz, der gewichtige Thron des Saxophons wippte kunstvoll auf dem Schlagzeug, eine schmiegsame Klarinette tröstete flink den betrübten Herzog. Jemand summte heiser Geheimnisse ins fürstliche Ohr, Gläser und Tablette klirrten in den Händen der Huldiger. Melancholisch lauschte er dem Lied, das aus dem fernen Krieg herübergedrungen war: »*Die Finger sind Fjorde, sie schlingen sich um den Kaffee aus Blei, / noch ein paar Minuten, und auch dieses Heute ist vorbei, / das Schlagen des Herzens, es wirft eine Flasche an den Strand, / darinnen ein toter Dschinn und der Abschiedsbrief in seiner Hand.*«

»Hallo? Ja, ich bin Commander Kirstensen ... Nein, nach Anchorage ... O doch, ich hab's gesehen, entsetzlich ... Ich verstehe nicht ... wieso verrückt? ... Auch Tomlinson? ... Erstaunlich ... Ich weiß ... Alle Vollmachten, Baranou hat es erwähnt ... Aber die Sache ist komplizierter geworden, Perkins ... Nein. Indianer! ... Ich fliege morgen zu Ihnen. Gegen Mittag dann, in Ihrem Zimmer.«

»Die Indianer haben sich ins Bild geschlichen, deshalb dieser Aufwand«, seufzte Perkins zu George, während er in den Sessel sank. Er bestellte unverzüglich einen doppelten Kaffee, dazu einen Absinth und ein kleines Glas Mineralwasser.

»Ich rufe Angela an«, flüsterte George und schob abwesend seine Tasse zur Seite. »Wie lange kann das alles noch dauern? Zwei Wochen? Drei?« Seine Finger zitterten, als er eine Zigarette aus dem Päckchen zog. Zögernd ging er zu den Telefonzellen; er spürte, daß Perkins ihm düster hinterhersah. Er war so nervös, daß ihm die Nummer nicht einfiel – er hatte sie vergessen. Mit der Zigarette im Mund blätterte er sein Notizheft auf, der Rauch biß ihn so in die Augen, daß sie tränten. Er sah auf seine Uhr, halb sieben, jetzt müßte sie zu Hause sein. Er wartete lange auf das Rufzeichen, endlich kündigte eine Stimme New York an, dann das vertraute, aussetzende Signal. Sein Herz antwortete mit Sirenengeheul.

»Angela? ... Ja, ich bin 's ... Klar, ich liebe dich ... Eher ging es nicht, alles hier ist so unklar ... Du hast dich entschlossen? Versteh ich nicht ... Ein Kind, ich weiß, aber ... Das ist unmöglich, Angela, begreif doch ...«

Scheiße, dachte Perkins knurrig, das hat gerade noch gefehlt. Mit säuerlicher Miene sah er zu, wie George schlingernd den Rückweg antrat, wie er bedenklich durch die knappen Räume zwischen den Sesseln und den Kellnern manövrierte, wie er an einem niedrigen Serviertisch strandete – die zuckenden, soßebekleckerten Glieder der Verwundeten auf den massiven Wellen des Perserteppichs, der übergeschnappte, tobende, festgenommene Kapitän in den Armen seiner schwarz uniformierten, strengen Rettungsmatrosen. Als er zu ihm eilte, ruhte Georges Gesicht, verschmiert von Speiseresten und Tränen, auf der knochenkühlen Marmorplatte, der Hotelarzt verpaßte ihm gerade eine besonders stark wirkende Beruhigungsspritze. Sie wischten ihm mit Papierservietten das Gesicht ab, dann halfen sie, den schlaffen Körper ins Zimmer zu tragen, Perkins kam nicht umhin, ihnen ein Trinkgeld in die Hand zu drücken.

Argwöhnisch hörte sich der Direktor seine umständlichen Erklärungen an, der Ausweis interessierte ihn nicht sonderlich. »Was ich überhaupt nicht brauche, ist Panik«, sagte er und deutete gereizt auf die Alaska-Karte. »Auf dem Yukon können U-Boote weit heraufkommen, die Beringstraße läßt sich auf Schlittschuhen überqueren, unsere Küsten können sie mit Luftballons bombardieren.«

Ergrimmt ging Perkins in die Bar, wo er in dichter Folge drei Absinth und ein kleines Glas Mineralwasser kippte. Er nahm sich von neuem Tomlinsons Tagebuch vor, seine Finger folgten zerstreut dem Rhythmus der Musik, sein Bleistift unterstrich die Passagen, die ihm wichtig schienen. Brooks Mountains, das rahmte er regelrecht ein. Dann legte er das abgegriffene Foto Tomlinsons auf den Tisch und starrte darauf. »Melting Ice«, brummelte er in sein leeres Glas und winkte den Ober herbei, er solle eine Flasche Whisky bringen. Sein starrer, absolut regungsloser Blick zeitigte Wirkung, mit grellem Klirren polterten die Eisstückchen heraus, sogen blaß und hastig die Pfütze, die sich auf den Blättern ausbreitete, auf.

Er füllte das Glas und leerte es; der herbe Geschmack schüttelte ihn. Er lehnte sich zurück und richtete den Blick, der lieber umherschweifen wollte, auf den Kronleuchter. Sein Magen kam in Bewegung, in der Speiseröhre bildete sich etwas Bitteres, mit energischem Schlucken trieb er es zurück. Benommen hielt er sich das Foto vor die Augen, beugte sich dann so heftig vor, daß sein Kopf die Flasche ins Kippeln brachte. Geistesabwesend hatte er mit dem Stift einen Satz markiert, kaum wahrnehmbar, er drückte die Finger auf das Blatt Papier und las Tomlinsons wahnwitzige Drohung: Eingehüllt in Schnee, krieche ich ihnen hinterher, quäle ich mich, schreckliches Verhängnis für Monas arglose Wechselbälger, zu ihren gierig zulangenden, hitzigen, immer kraftloseren Körpern hin. Er legte das Foto weg, lockerte schnaufend die Krawatte, knöpfte den Hemdkragen auf. Mit zitternder Hand füllte er sein Glas, träge rann die topasgelbe Flüssigkeit aus dem Flaschenhals. Nachdenklich nahm er einen Schluck, dann noch einen. In der Verwirrung einer plötzlichen Erkenntnis verdunkelten sich seine Augen.

Natürlich sehen sie sich zum Verwechseln ähnlich, dachte er und lehnte sich wieder zurück. Es kann nicht anders sein: Melting Ice ist Monas Sohn, also Tomlinsons Enkel. Und wenn es so ist, dann ist sein Leben gefährdet, auch ihn zieht wie ein Magnet der Tod an. Im Schnee erwartet ihn sein wahnsinniger Großvater, geradenwegs in dessen mörderische Arme stürzt er sich.

Er trank, stützte die Ellbogen auf, bewunderte die strahlendweißen Zähne der dunkelhäutigen Sängerin; eigentlich könnte er packen, mochten die beiden einander doch erledigen in der öden Schneewüstenei, er könnte für ein paar Wochen oder Monate verschwinden, dann würde er ihre eisigen Leichen suchen. Er summte das Lied mit, das er aus dem Radio kannte: »*Er ist gescheiter, ich bin schwächer, / spielen wir heute, dann wird Abend, / und so wie immer bin ich der Gast.*« Kraftlos stand er auf, hielt sich am Arm eines Kellners fest, grinste ihn albern an, fand stolpernd die Treppe, tauchte das Gesicht in unübersehbare Nebel, kroch auf Händen und Füßen zu seinem Zimmer. Lärmend öffnete sich die Tür, er stürzte auf den Fußboden, stieß sie mit dem Fuß zu, stand keuchend auf, trat zu Georges Bett, beugte sich schwankend über ihn, stützte sich auf seine Schulter, seine Brust: George sah mit offenem Mund, mit glasigen, starren Augen, mit angehaltenem Atem staunend zu, wie Perkins unter der Last des Zufälligen und Unberechenbaren zusammenbrach und verrückt wurde.

Fast die ganze Fahrt lang schlief One Stab; der Güterzug fuhr ohne Halt Richtung Westen. Auf der Ladefläche des offenen, leeren Wagens glitzerte Kohlenstaub, er hatte sein Hemd darauf gebreitet; durch die Ritzen zwischen den Brettern beobachtete er die endlos vorüberziehenden Schwellen, bis ihn schwindelte; noch vor hundert Jahren hatten enttäuscht umherstreifende Indianer sie immer wieder herausgerissen, um dann von ihren Mustangs herab den bleichen Maschinisten mit dem Tomahawk rote Kreise auf die faltige Stirn zu zeichnen. Das pausenlose Rattern und das Pfeifen der Lokomotive, das den an der Strecke weidenden Rinderherden galt, ließen ihn immerfort hochschrecken; dann konnte er es kaum erwarten, in das erbarmungsvolle Nichts bedrückender Träume zurückzufallen. So weit der Blick reichte, erstreckte sich die grenzenlose Prärie, auf ihr wiegten sich sanft und unabsehbar Kornfelder.

Im Reservat blieb er kaum eine halbe Stunde. Er zog sich eilig um, in einem kurzen Brief teilte er seiner Schwester mit, daß One-Who-Sees-As-A-Bird nicht mehr lebte. In San Francisco löste er ein Schiffsbillett nach Nome, bis zur Abfahrt saß er im Hafencafé und las Zeitung. Bitter registrierte er, daß kein Blatt über die Indianerrepublik berichtete, auch nicht über ihre Niederschlagung, aber überall stand, daß Kirstensen zum Gouverneur von Alaska ernannt worden war. Er erhob sich, kippte den kalt gewordenen Kaffee aus und bezog seine Kabine. Durch das kleine Kajütenfenster sah er zu, wie die schneebedeckten Berge Alaskas vorüberzogen, im Hals fühlte er ein beklommenes Vibrieren, das er nicht kannte. Als er an Deck ging, taumelte er unter den eiskalten Peitschenhieben des Windes, seine Lunge japste nach Luft, füllte sich, pumpte sich voll. Sein Magen verkrampfte sich vor Hoffnungslosigkeit, als er in den Sturm hinein den Namen Melting Ices schrie, bis er heiser war. Kreischende Möwen streiften seine rissigen Lippen.

»In einer Stunde legen wir an!« rief der Steuermann und zeigte dem tobenden Meer aufatmend das Zeichen des Sieges. One Stab umklammerte gekrümmt die Reling und übergab sich, das Erbrochene sprühte auf seine Hände. Tränen verschleierten seinen Blick, dennoch sah er – und er allein sah es –, wie sich die riesigen Kiefer des Hafens knakkend um ihn schlossen.

Froh, endlich ins Freie zu kommen, schob sich Commander Kirstensen durch die schmale Tür des Sportflugzeugs. Fotoapparate klickten, es roch penetrant nach Magnesium, Journalisten drängten sich um ihn, Fragen prasselten.

»Stimmt es, daß Burke ein Spion der Deutschen war? Was halten Sie vom FBI? In welcher Sache haben George und Perkins ermittelt? Haben Sie was von einem Monster oder Ungeheuer gehört? Stimmt es, daß die Eskimos flüchten? Was ist in Point Hop gefunden worden?«

Er hörte die Fragen kaum. Schweigend starrte er auf die Schlagzeilen der Zeitungen, die ungeduldig geschwenkt wurden, auf die halbseitigen Fotos der Fahnder.

»Ich kann noch gar nichts sagen«, sagte er matt. Seine Begleiter bahnten ihm einen Weg. Im Auto dann nahm er sich die Zeitungen vor.

Zuerst wollte er Perkins sehen. Im Hospital führten sie ihn zu seinem Zimmer, und er durfte durch ein Guckloch gucken. Perkins wandte ihm den Rücken zu, er stand am vergitterten Fenster, gekrümmt, immer wieder zusammenzuckend, seine Hände waren gebunden. Plötzlich drehte er sich um, Kirstensen wich erschrocken zurück: gefletschte Eiszähne, ein verblödetes Gesicht, in dem die Tränen die Trümmer einer Botschaft zerwuschen, die für alle Zeiten unzurückholbar zerfallen war.

Ins Leichenschauhaus ging er dann doch nicht. Er setzte sich in die Bar und wartete auf die Verbindung, das Saxophon blies Trübsal, die Klarinette schmiegte sich an, quälende Geheimnisse kamen ihm zu Ohr. Auf dem Tisch neben seinem lagen fleckige, zerknitterte, bekritzelte Blätter und ein abgegriffenes, gelbliches Foto. Zerstreut betrachtete er diese unvollendete Landschaft, die Flasche mit dem fingerhohen Rest, die weiß leuchtenden Augen der dunkelhäutigen Sängerin. Dann wurde er aufgerufen, benommen glitt er durch die knappen Räume zwischen den Sesseln und den Kellnern, stolperte über die massiven Wellen des Perserteppichs. Er begriff nicht, als die fremde Stimme ihm mitteilte, Baranou habe sich letzte Nacht zurückgezogen, nach Norden, auf seine unwirtliche, verlassene Farm, mit dem könne er nie mehr verbunden werden.

One Stab verließ Nome mit einem gemieteten Hundeschlitten. Er drang tiefer und tiefer in den riesigen Magen vor; Rauhreif legte sich auf Haar und Kleidung. Die Farbe in seinem Gesicht war verschmiert, die Füße abgestorben von der Kälte; die Hunde kämpften sich knurrend und jaulend durch den nachgebenden Schnee. Er knabberte Trockenfleisch und Zwieback, jagte mit dem Tomahawk Rentiere, warf das Lasso nach Murmeltieren; wie Wölfe zerrissen seine Hunde die Beute. Er war sich sicher, in den glitschigen, zuckenden Tunneln, den schleimig glänzenden Gängen der Därme auf eine Spur von Melting Ice zu stoßen: eingestürzte Eishütten, umherhuschende, wilde Eskimos, einen bläulichen Harpunenriß im Fleisch des Ungeheuers, die bleiche Polarsonne über unendlichen, freien Schneefeldern.

Mit befeuchteter Fingerspitze verfolgte er die Regungen des Windes, die haarfeinen, verzweigten Adern des blutgemusterten Nagelbetts wiesen ihm die Richtung zum erahnten Magneten des Pols, zum Herzen. Er brummte ein Kriegslied, schoß einen Pfeil in den Himmel und wartete mit dem Gesicht im Schnee auf die Blutflut; mit dem Kalumet One-Who-Sees-As-A-Birds in den steifen Händen zauberte er die kurzlebigen, vergebens angeflehten, wogenden Geister des Dunstes und des Rauches herbei. Seine Hunde nagten jaulend an den Lederriemen, schnappten boshaft nach seiner Hand, in der Iris ihrer Augen zündelte der Teufel des Hungers. Auf seinen Tomahawk hatte ein monomanischer Maler ein kleines Schneekristallstilleben gemalt. Eine halb erfrorene Büffelherde stampfte über die schneebedeckte Tundra, berittene Eskimos mit Speeren folgten ihr. Ihre Tipis versanken fast im Schnee, frierend in ihren Mokassins traten sie am Lagerfeuer von einem Bein auf das andere, an die Marterpfähle waren brummige Bären gebunden. One Stabs Augen leuchteten auf, als er die stummen Indianer auftauchen sah, immer wieder im Nebel verschwindend, die Hunde zerrten tobend am Schlitten. Es waren die letzten Tlingit, die auf die Anhöhe stiegen, sich in das eisige Schwert stürzten; mit Zähnen aus Eis zerfleischte der Wind ihre Gesichter. One Stab nahm sein Messer und zerschnitt die Riemen, lautlos, mit gesträubtem Fell, fielen die Bestien über die noch warmen Leichen her. Er legte sich auf die Erde und beobachtete mit geschlossenen Augen das sumpfige Darmgeschlinge, das sich in der Unendlichkeit verlor, und das langsame Zehren der gewundenen, zuckenden Fortsätze, und er wartete, daß träge die unaufhaltbaren, zersetzenden Verdauungssäfte ihr Werk begännen.

»Sieh nur, die Eskimos! Mit Grollen und Tosen birst der Eispanzer, strömt das Wasser, wirft es seine Ausscheidungen aus: Nach Luft schnappend, schnellen Fische in die Höhe und beißen Blauhaie in knirschende Eisblöcke. Glatte, widerspenstige Seehunde werden ans Ufer geworfen, dem Himmel ein brüllender Wal vorgezeigt. Einhornwale bohren Eishütten an, Mammuthauer schmücken das schmuddelige Schneefeld. Sieh nur, die Eskimos! Sie werfen ihre Harpunen weg, stoßen ihre Kajaks um und hasten nach Westen, der Schnee ist gefleckt von zurückgelassenen Spielsachen ihrer Kinder – blind laufen Füße über Walrosse, geschnitzt aus den Eckzähnen von Walrossen, über Schneepuppen mit verrenkten Gliedern, über kleine Hundeschlittengespanne. Kläffende, hechelnde Hunde folgen ihnen. Aus den Rissen gluckst das unterdrückte Meer des Nordens, überflutet das Gelände bis zu den Brooks Mountains. Sieh nur, die Eskimos! Sie flüchten hinauf zu den Felsen, werfen als Opfergabe ihre Seehundfellmützen in die brodelnde Tiefe, umarmen einander weinend; der Wasserstrom trägt die geschliffenen Blöcke ihrer Hütten fort, wirft sie gegen die Stahlrippen der Schiffe. Mit den Old Bigs, eingeschlossen im Seward-Gletscher, attackiert er einen verlassenen Leuchtturm. Franklin zielt mit seinem versunkenen Schiff auf den verdunkelten Mond, der magnetisierte Mast torpediert den überfüllten Schleppkahn der Gezeiten. Farbige Signalgeschosse aus scheintoten Mineralien blenden den arglosen Gegner, Alluvialschichten rühren sich und kriechen mit leisem Grummeln unter seine Stellungen. Sieh nur, die Eskimos! In gedehnter Reihe ziehen sie nach Westen, voran Hamasoaka, mit einem großen Umweg wollen sie nach Ühl. Die Erde zittert unter ihnen, stürmische Wolken nahen, Hamasoakas Schrei gebietet Halt – wie auf Befehl drehen sie sich um, betrachten dich entsetzt, Funken beleuchten deine Umrisse. Endlich siehst du sie. Sie zeigen erschrocken auf dich, fliehen dann Hals über Kopf; nichts hilft es da, daß du kläglich aufheulst. Hinter dir, auf dem einsamen Mt. Blackburn, schießt unter der abgeworfenen, gezackten Schneemütze hervor eine glühende Lavakrone in die Höhe.«

Kirstensen nahm Burkes Wohnung; der triste Raum mit den Maiskörnern in den Dielenritzen, den geschnitzten Türpfosten und dem abgemagerten Waschbären, der unablässig die Zähne bleckte, entlockte ihm ein säuerliches Lächeln. Er sank in den Sessel und schob die Füße ans Kaminfeuer; die selbstmörderischen Scheite knallten den Flammen einen Ehrensalut. So blieb er. Auf dem Fußboden und dem

Schoß Zeitungen. Bis zum Rückzug Baranous rührte er sich nicht hinaus. Er las, und er wartete auf den Anruf seiner Fahnder.

Vor dem Fenster brummte im Leerlauf der Dodge Brothers. Das Kopfsteinpflaster lauschte.

»Das Ruinenfeld von Point Hop als größtes Änigma der eskimoischen Urgeschichte«, las er brummig. Verfaßt von Dr. Rasmussen, der sich schon 1939, also zu Beginn der Ausgrabungen, an Ort und Stelle aufgehalten habe.

»Die Eskimos gehören zu den rätselhaftesten Völkern der Erde. Weder über ihre genaue Zahl noch über ihre wirkliche Verbreitung stehen uns zuverlässige Angaben zur Verfügung. Daran gemessen mag uns das Geheimnis ihrer Urgeschichte und Herkunft belanglos erscheinen, besonders wenn wir durch das verzerrende Prisma des mörderischen Weltkriegs in die Tiefen der Zeit schauen.

Ein Bekannter beispielsweise wollte mich dieser Tage mit der Falschmeldung überraschen, fliehende Indianergruppen aus den argentinischen Pampas seien in der Antarktis auf neue Eskimosiedlungen gestoßen. Ich lachte ihm ins Gesicht und verriet ihm, daß die Wirklichkeit zu viel raffinierteren Überraschungen imstande ist. (Übrigens halte ich es nicht für ausgeschlossen, daß unter dem verwandten Klima des Südpols tatsächlich einmal Eishütten gefunden werden.) Und ich trug ihm meine Vermutungen über das zirkuläre Eskimotum vor, die auf Theorien von Hegel, Nietzsche (ja, ja!) und Spengler beruhen.

Zuerst erzähle ich dir von den Phantastereien, so sprach ich, die die Phantasie der Forscher gefesselt halten. Am verbreitetsten ist die Ansicht, die Eskimos – die sich selbst übrigens als Inuit, das heißt: Menschen bezeichnen – seien von Kamtschatka her eingewandert, und zwar im 4. bis 3. Jahrtausend vor Christus. Sie fußt auf nichts anderem als dem Ähnlichkeitsprinzip, nur ist sie vorsichtiger als jene andere Ansicht, die Eskimofamilien (denn Stämme gibt es nicht) hätten sich von den Indianern abgespalten und seien – wer weiß, von welcher Unruhe getrieben – nach Norden gewandert beziehungsweise bei den Wanderungen zurückgeblieben. Aber beide Mutmaßungen sind problematisch: Während bei den Eskimos die Blutgruppe B stark vertreten ist, fehlt sie bei den Indianern gänzlich. Das heißt, wir wissen überhaupt nichts.

Etwas aber, fuhr ich fort, ergriff meinen Bekannten am Arm und führte ihn zu unserer jüngsten Ausgrabung, können wir dennoch ahnen. Diese Siedlung, Point Hop, dürfte ihre Blütezeit um das Jahr 1000 nach Christus erlebt, die Blütenblätter jedoch sehr bald, vielleicht schon nach hundert Jahren, verloren haben. Sie gehörte zur Ipiutak-Kultur, die … nun ja, es wäre so, als würden in Niederländisch-Indien, im Land der menschenfressenden Papua, die Ruinen einer klassischen griechischen Polis und darin die Skelette reinrassiger Papua entdeckt. Ipiutak ist also eine Wanderzivilisation, und zwar meiner Vermutung nach … Aber der Reihe nach!

Das hier zum Beispiel ist ein Siegel, es zeigt auf dem Rücken eines Seehundes einen Wachturm und eine umlaufende, unleserliche Inschrift. Die C-12-Untersuchung schätzt sein Alter auf fünfzig plus/minus zwanzig Jahre, was Unsinn ist. Wir haben es mit einer entwickelten Kultur zu tun, die über eigene Schriftzeichen verfügte – sehen Sie sich nur die Grundrisse der Häuser und Straßen an. Hier gab es mindestens sechshundert zwei- bis dreigeschossige Gebäude mit Kellerwohnungen, und der mythische Kode entspricht – ich breitete für ihn die perspektivische Karte aus – der genauen Planzeichnung eines Schiffes vom Gokstad-Typ. Das hier – ich deutete auf die Karte und die Fundstätte – entspricht dem Segel, und was wir jetzt ausgraben, ist der Kielboden. Gefunden haben wir eine beachtliche Zahl von gezähnten Harpunen, wie sie bei den frühen Eskimos absolut unbekannt sind, aber nur wenig Pfeilspitzen, wie sie bei der Karibujagd benutzt wurden. Manche Dinge zeugen von asiatischen (ich würde inzwischen lieber sagen: von warägischen) Einflüssen, andere von noch exotischeren. Die Leute von Point Hop waren also keine Ureinwohner mit dem Karibu als einem Hauptnahrungsmittel, sondern Fremde, die obendrein kaum hundert Jahre hier gelebt haben. Sie waren, mein Freund, Wikinger, bevor sie zu Eskimos wurden.

Hierauf zeigte ich meinem Bekannten die hochgewachsenen Skelette mit Büscheln blonden Haares in den Schädelnähten sowie die Heldensagas, die wir in Gefäßen aus gebranntem Ton entdeckt hatten.

Aber was wolltest du mit dem zirkulären Eskimotum sagen? erkundigte er sich, äußerst verlegen, daß er mit seinem brillanten Scherz so kläglich danebenlag.

Wir setzten uns auf einen Baumstumpf, und ich fuhr fort: Die Zivilisationen haben nicht nur Zeiten der Blüte oder des Verfalls (in einer solchen leben wir gerade), sondern auch einer langen Latenz. Aber vielleicht ist es richtiger, von Kulturen zu sprechen, denn sie zaubern uns die nostalgische Erscheinungsform hin, die wir nachlässig Zivilisation nennen. Eine historische Mission ist zweifellos etwas Anstrengendes; die ständige Bereitschaft zehrt an der Moral, das Gerechtigkeitsgefühl setzt aus. Es kommen die kraftstrotzenden, blonden Barbaren. Stagnation, Trägheit. Wohin waren diese Völker verschwunden, und woher sind sie zurückgekehrt, mein Freund? (Ich halte sowohl das Wissen als auch die Ethik für ein Werk des pulsierenden Lebens, die Bücher hingegen für ein Symptom des Verfalls: Wir wollen den absterbenden Seufzer als unbesiegbares Leben verewigen.) Denn sie sind unter uns; vielleicht lesen sie sogar meine Zeilen; von den Sumerern bis zu den Ägyptern, von den Mayas bis zu den Griechen sind alle, deren Kultur ein Teil unseres Lebens ist, präsent. Das Wesentliche ist – und ich lächelte triumphierend –, daß es so etwas wie Eskimos nicht gibt. Sie existieren nicht. Dafür gibt es für länger oder kürzer eingefrorene, Winterschlaf haltende Völker, die sich müde nach Norden schleppen und Eskimos werden. Sie jagen den Seehund, das Walroß, den Eisbären, sie trinken Blut und fressen kleine Mädchen – es kommt zu einer Rebarbarisierung, sie füllen sich mit Leben auf. Die Eishütte, die sie bauen, ist insgeheim eine Pyramide, oder sie mogeln den Grundriß von Athen unter die mit Sorgfalt blank geschliffenen Eisblöcke. Vielleicht waren sie, die von den Cree indianisch als Rohfleischfresser bezeichnet werden, Chinesen in der Tang-Dynastie. Das meine ich also mit dem zirkulären Eskimotum, sagte ich abschließend, dann setzte ich zur wachsenden Verwunderung meines Bekannten noch hinzu: Im Prinzip ließe sich voraussagen, welches Volk als nächstes an der Reihe ist, aber ich gebe jetzt nur eine rätselhafte und frivole Liste preis, mag sich jeder selbst Gedanken machen: die Engländer, die Franzosen, dann natürlich die Deutschen, die Russen sind schon halb im Rauhreif verschwunden, und durch C-12-Bestimmung, plus/minus hundert Jahre, die Amerikaner.

Mein Bekannter war blaß geworden. Während ich ihm durch das Gewirr der Erschließungsgräben half – in manchen reichte uns die eisige Schneebrühe mindestens bis zur Hüfte –, beobachtete ich aus den Augenwinkeln sein galliges Gesicht. Wenigstens diese Freude wollte ich mir gönnen nach zwei langen Jahren in Schnee und Frost – erst jetzt sehe ich, daß ich unwillkürlich mit der Stiefelspitze die quälenden Umrisse Europas in den gefrorenen Matsch gezeichnet habe –, wenigstens einmal will ich die menschlichere Maske des Gelehrten anlegen können.«

Verärgert ließ Kirstensen die Zeitung fallen, er verstand einfach nicht, was die Journalisten auf dem Flugplatz von ihm gewollt hatten – womöglich wollten sie ihn nur in Rage bringen. Er warf eins der zurechtgelegten Scheite in den Kamin und rückte schläfrig an die sprühende Wärme heran. Vielleicht existiert Point Hop gar nicht, überlegte er düster, vielleicht gibt es keine Indianer und erst recht keine Eskimos, und den Tomlinson hat nur Baranous verschlungenes Gehirn erfunden, als Altersschabernack.

Durch die geschlossenen Augenlider sah er Perkins' tränenverzerrtes Gesicht, da schrillte das Telefon. Er zuckte zusammen, hob das Gerät vom Kaminsims, nahm den Hörer ab und lauschte schweigend. Kurzes Wispern, Hüsteln, dann begann eine heisere Stimme zu sprechen.

»Hallo ... Mr. Kirstensen? Hier ist Joe. Wir sind am Westfuß der Brooks Mountains. Schrecklich ... Überall Tote im Schnee, alle zerfleischt ... Bei mir ist Smith ... Jetzt spreche ich aus Nome, wir sind vor kurzem angekommen, aber irgendwie ... In Ordnung, Rettungstruppen. Aber Sie sollten besser Leichenträger schicken ... Gut, bleibt absolut geheim. Kommen Sie nicht her? ... Smith holt Sie ab ... Ja ... Am Flugplatz.«

Beim schnellen Rasieren mußte Kirstensen plötzlich in den Spiegel starren; die dunklen, gedunsenen Ringe um die Augen, das abgehetzte Gesicht, das spärliche Haar und die frischen roten Wunden am Kinn erschreckten ihn. Es war, als hätte ihn eine alte Botschaft erreicht, vor der er sich lange gedrückt hatte. Mißlaunig wischte er sich das Gesicht sauber. Er tupfte Rasierwasser auf, zog die seit fast einer Woche im Schrank hängende Jacke an und kroch auf den Rücksitz des im Leerlauf wartenden Dodge Brothers. Am Lenkrad hockte schweigend Smith, dann begann er müde, mit hohler Stimme das Unsägliche aufzusagen. Auf der Fahrt zum Flugplatz setzte im Radio knarrend und schwer verständlich eine düstere Stimme noch eins drauf: »Gestern abend hat Japan einen schwerwiegenden, dummen Angriff auf den Marinestützpunkt Pearl Harbor unternommen – Bomber haben die dort stationierte Pazifikflotte vernichtet. Präsident Roosevelt hat heute früh offiziell bekanntgegeben, daß die Vereinigten Staaten in den Krieg gegen Japan eintreten.«

Erschöpft stieg er aus dem zweimotorigen Flugzeug und eilte mit Joe und Smith zum geheizten Auto. Eisiger Wind fuhr ihm unter die Mantelschöße. Er kroch auf den Rücksitz, klopfte den Schnee von der Mütze und wartete auf das Unabwendbare. Die Fotos, die ihm von vorn zugereicht wurden, erinnerten ihn an etwas. Er überlegte angestrengt, bis es ihm einfiel: In der Hotelbar hatte auf dem Nachbartisch die vergilbte, brüchige Aufnahme eines jungen Mannes gelegen – er ärgerte sich, daß er zum zweitenmal in kurzer Zeit unnötig sein Gedächtnis hatte strapazieren müssen. Auf diesen Fotos jetzt sah er zerfleischte, verstümmelte Leichen. Er kurbelte die Scheibe herunter und atmete tief durch. Der eisige Wind trieb ihm schneidend scharfen Schnee ins Gesicht. Aus dem knarrenden Radio dröhnte endlos Musik, finstere Melodien suchten einen Weg aus dem stickigen Dodge Brothers. Er schloß die Augen, um sich zu sammeln, um sich vor den heraufbeschworenen Erinnerungen zu verstecken, aber bald gab er die Hoffnung auf, widmete sich wieder den Fotos und rieb wie unter einem Zwang die nassen Flecken, die verirrte Schneeflocken verursacht hatten. Joe und Smith starrten wortlos durch die von den Scheibenwischern freigelegten Felder auf das verlorene schwarze Band der Straße.

»Sehen Sie nur, Mister«, rief Smith und zeigte in die Ferne.

Sie hielten an. Kirstensen hatte Mühe, die eingefrorene Tür aufzustoßen. Als er ausstieg, fiel der eisige Wind über ihn her. Er hob das Fernglas vor die Augen und murmelte: »Dort steht jemand.« Sein Hirn lag als regloser Eisbrocken hinter den sicheren Schalen des Schädels. In den langsam beschlagenden Linsen schwankte eine gespenstische Kontur.

Mit entsichertem Revolver und dicht beieinander näherten sie sich der Gestalt; beim Atmen legte sich eine nebelähnliche Maskenwolke um ihre Köpfe. Unterdrücktes Husten nistete explosionsbereit im Dickicht ihrer Bronchien. Das Knirschen ihrer Schritte stürzte als Eiszapfen von den straff gespannten Sehnen ihrer Nerven. Die Zungen rieben am ausgetrockneten Gaumen, bis er rauh war, das angeberische, kaum erträgliche Weiß rundum rann ihnen in die Augenschlitze und blendete sie.

Die Toten starrten abweisend zum Himmel, ihre verunstalteten, gepeinigten Leiber lauschten in Demut dem weichen Gesang der Flocken. Kirstensen bückte sich, im Schnee sah er das genaue Abbild des Medizinbeutels, der in der schmierigen Asche der niedergebrannten Universität gefunden worden war. Wortlos hob er ihn auf, dann ließ er ihn wieder fallen – lieber an nichts denken, sagte er sich. Er hoffte, so würde er noch darum herumkommen.

Die aufgeschreckten und nun wartenden Aasfresser verspritzten gefrierende Speichelperlen, hoch oben putzten Frostgeier ihr Gefieder. Kirstensen richtete sich auf, legte die Hand über die schmerzenden Augen und hielt blinzelnd Umschau.

Der Schnee hatte die Spuren rasch zugedeckt, nur noch undeutlich war zu erkennen, daß sie nach Westen führten, in die Richtung der Beringstraße. Am Horizont ragten feindselig und unumgehbar Felsgrate auf. Kirstensen sah auf seine Uhr, die Rettungstruppen würden frühestens in einer Stunde hiersein. Seine Hand umklammerte den Revolver, als wollte sie ihn zermalmen, so folgte er dem flüchtenden Unbekannten. Hinter ihm, gekrümmt, gebückt, wie gescheiterte, hinkende Geister, Joe und Smith.

»Melting Ice – schau in die Tiefe! Spritzend und sprudelnd strömt der Dreck der zerfließenden Erde, eklige Tropfen dieses Feuerwerks brennen sich in deine Haut. Aus den dunklen Nasenlöchern des Nordens ergießt sich rötliche Lava knisternd in eiskalte Ozeanhände. Sinke nieder, murmle phantastische, fiebernde Flüche, bitte um deinen Verstand, der dich verlassen hat! Setze mit deinen glühenden Tränen das kümmerliche, trockene Bäumchen deines Bewußtseins in Brand! Melting Ice – schau in die Tiefe! Schau der Volkswanderung früher Zeiten entgegen, lautlos laufen sie, deine armen Eskimos; von Alaskas knorriger, zur Faust geballter Hand springen sie über wie Funken nach Asien. In riesigem Kreis, aus Kamtschatka, Sibirien und Labrador, wandern sie nach Ühl, kreischend getrieben von Hamasoaka. Die wilden Schläge ihrer Peitschen sind Blutstropfen auf dem starren Schneefeld. Melting Ice – schau in die Tiefe! Wie eine Flocke schmilzt der Strom des Schmutzes die Luftschifftrümmer deiner Zeit in sich ein, ein Strudel dreht und zerreißt das schwache Gerüst. Schau, Eiszehen bedrängen deine wunden Füße, stießen dich nur zu gern in den Schnee, der eissteife Strick schlingt sich um deine Arme, Eiskrallen zerfetzen dir die Schultern. Bete, Melting Ice, bete zum grausamen, zum verlassenen, leidenden Krater des Mt. Blackburn – schau in die Tiefe!«

Eine schwere Hand legte sich auf seine Schulter.

»Mr. Tomlinson-Melting Ice, nicht wahr?«

Die Stimme klang heiser, erstickte in Husten. Sehr langsam drehte er sich um.

Kirstensen wich betroffen zurück. Ihn sah der Mann an, den er von dem vergilbten, brüchigen Foto kannte, in seinem erschreckenden Gesicht der beginnende Wellenschlag des Weinens.

5. Kapitel

Alex Baranou – »Gib das Abbild zurück!« – Doktor Moniz – Die Operation – Die Wahnsinnsbotschaft des Melting Ice

Alex Baranou wippte brummig in seinem Schaukelstuhl, tippte mit seinem Stock immer wieder den speckigen Rücken seines Seehunds an, der ausgestreckt auf dem Teppich lag. Die Walrosse, die sein Haus hüten sollten, brummten rauh vor sich hin, das wirkte beruhigend auf seine um so lauter rebellierenden Nerven. Nachdenklich betrachtete er das Kartennetz der Eiskristalle an der Fensterscheibe, die verbarrikadierten Gänge himmlischer Labyrinthe. Nirgends ein zum Gruß herbeieilendes Schiff, nirgends ein anhänglicher Indianer – nur die meisterhaften und einschmeichelnden Windungen und Biegungen an den Einfahrten zu bezaubernden Buchten.

Er stand schwerfällig auf, zog den Bärenpelz über, setzte die Pelzmütze auf und öffnete die Tür; der Seehund robbte kläffend hinter ihm her. In unendlicher Einsamkeit umgab ihn seine Farm; hungrige Karibus blökten in entlegenen Pferchen. Das Land war vernachlässigt, Unkraut quälte sich aus dem Boden, Hirsegras. Ihre Ketten klirrten, als sich die Walrosse an seinen Beinen rieben, sie schnappten nach ihm, ihre Schwanzflossen furchten den Schnee. Die Bisse schmerzten, Baranou zog die Hände weg – seine Gedanken weilten bei Kirstensen; er fragte sich, ob sein Entschluß richtig war, ob Kirstensen nie in Versuchung kommen würde, das Rätsel zu lösen. Er hob den schartigen Degen und scheuchte die Walrosse weg, und er zischelte, ohne daß irgendwer ihn hätte hören können: »Ich bin gekommen! Hört ihr, ich bin gekommen, hier bin ich!«

»Reglos sehe ich in die fremden Gesichter, deren Abscheu mich kränkt. Keiner von denen ahnt, daß ich alles verstehe und daß meine Zunge sich bemüht, die schmerzlichen Worte zu formen; ich schmelze die festgefrorenen Bilder von meinem Gaumen und bereite mich vor auf stürmisches Reden. Mein Gesicht zuckt von dem noch nicht Sagbaren, düstere Schollen treiben in meinen Tränen, zerplatzen auf den pulsenden Adern des Handrückens und waschen das schwarze Blut vom Nagelbett. Voller Pein schließe ich die Augen, Lichtspiele vergessener Dunkelheit beleuchten die trostlose Landschaft; als sähe ich einen Spuk, schüttelt sich das kümmerliche Bäumchen meines Bewußtseins, im Gebüsch leuchtet Hamasoakas Augenweiß, Wap-O schlummert auf einem Ast. Schaudernd betaste ich den Boden: Mein Finger fährt über die Umrisse riesenhafter Fährten, meine

Hand verliert sich in der Tiefe. Ich bete für meinen Verstand, sehe mit aufgerissenen Augen in die fremden Gesichter; aus dem stickigen Innern des Dodge Brothers sucht mein Schreien einen Weg hinaus.«

Baranou tappte zu dem Haus zurück, das unter dem Schnee fast einbrach; finster betrachtete er das wahnsinnige Werk seines Vaters, die genaue Kopie des Petersburger Winterpalais, den einstigen geheimen Treffpunkt weißrussischer Emigranten. Auf den Tischen lagen noch die alten Landkarten, gespickt mit weißen und roten Fähnchen, Trümmer der siegreichen Strategie, gezeichnet von braunen Teeflecken. Mit seinem Stock fegte er alles weg, er rang nach Atem, knöpfte das Hemd auf; er sah sich als Fregattenkapitän im Orkan stehen, das Tosen verschluckt seine Worte, am Ufer als dichte Mauer ein dunkler Wald, der Schiffbruch ist nicht aufzuhalten. Ihn schauderte, er schüttelte sich, stieß den Degen in die Tischplatte und stützte sich darauf; kyrillische Schriftzeichen bedeckten die Klinge. Einen Augenblick lang bedauerte er, daß er nie ein Tagebuch geführt hatte; dann wäre wenigstens etwas geblieben, aber nun gehörte alles unteilbar dem Vergessen, höchstens den zerschmetterten, tauben Jahresringen konnte er seinen unlesbaren Letzten Willen mitteilen.

Burke hat es lange ausgehalten, dachte er, seinem dankbar kläffenden Seehund den Rücken kraulend. Ein anderer hätte sich längst vor einen Dodge Brothers oder in den Krater eines Vulkans geworfen.

Ihm fiel ein, wie er seinerzeit mit ihm gespielt, ihn mit einer Flut undenkbarer Nachrichten überschüttet hatte: Eine Kosakenreiterei hätte die zugefrorene Meerenge überquert, um den Eskimos zu Hilfe zu kommen; Kriegsschiffe der finnisch-ugrischen Völker, der Dänen, Norweger und Schweden drohten den Häfen Alaskas mit einer Blockade; der Eskimokönig habe Meuchelmörder angeheuert; die Goldgräber aller Länder hätten sich vereinigt, um separatistische Pläne durchzusetzen. Ein spöttisches Lächeln zuckte um seinen Mund – da trat in sein Gesichtsfeld unerwartet und bedrückend ein Indianer, das Antlitz tief gefurcht, am Hals ein handflächengroßes Holzplättchen, und er hörte zwei Worte, zu denen er ärgerlicherweise kein Bild fand. Er biß sich auf die Lippen, der Seehund jaulte vor Schmerz: Ein langer, schmaler Streifen zog sich rot über seinen Rücken.

»Gib das Abbild zurück!« zischelte Hamasoaka und hielt ihm ein Lederstück vor die Augen.

Baranou fiel der Kiefer herab, in seinen Augenhöhlen glänzten kleine Tümpel, darin spiegelten sich die verschütteten Gänge und suhlten sich schlürfend mit krummen Stoßzähnen die Wildeber des Mondes. Er stand auf, betastete die Gegenstände, staunte, wie weich oder wie rauh sie waren, beugte sich klagend über sie, sog ihren süßlichen Fäulnisgeruch ein. Keinen Winkel ließ er bei seinem Stöbern aus, er leerte die Kisten, zertrat, zerriß alles. Um jeden Preis wollte er sich an das Abbild erinnern, aber immer irrte er ab, und die Schneewüste Alaskas füllte seine Vorstellung aus. Wütend hieb er mit dem schartigen Degen in die Luft. Hamasoaka las entsetzt in seinen Gedanken, während er zusah, wie Baranou die zögernden Geister des Hauses aufspießte. Es gab nichts mehr, was Baranou hätte hergeben können, er konnte nirgends mehr suchen, es gab nur noch ihn. Ein unbekanntes Werkzeug blinkte in Hamasoakas Hand.

Während der Dodge Brothers draußen im Leerlauf brummte, stand Kirstensen wartend im Vorraum des Operationssaals im Militärhospital von Anchorage, hinter sich hatte er schlaflose Nächte und jetzt eine Schar Journalisten, die sich nicht abschütteln ließen.

»Stimmen die Meldungen von einem Eskimoaufstand? Ist der verschwundene Gouverneur ein Massenmörder? Wen hatten Sie in Ihrem Wagen versteckt?« – ihm brummte der Kopf von dem Geschrei.

Im Operationssaal wurde Tomlinson-Melting Ice gerade von Dr. Moniz untersucht, dem weltberühmten Gehirnspezialisten aus Portugal, der für ein Jahr hergekommen war, um Möglichkeiten der Hybernierung und die rassischen Unterschiede im Funktionieren der Gehirnhälften zu untersuchen. Kirstensen hatte ihn gefragt, ob er seinen Gefangenen je werde vernehmen können – Tomlinson-Melting Ice nämlich sah sie nur stumm und abweisend an, er reagierte nicht, wenn er angesprochen wurde, weder Kaffee noch Tee oder Zigaretten halfen, Bleistifte und Füllhalter zerbrachen in seiner verkrampften Hand, Papier preßte sie zu Kügelchen. Er lag bewegungslos in seinem vergitterten Bett, die Speisen mußten ihm als Brei und Löffel für Löffel verabreicht werden, Joe und Smith fielen fast um vor Erschöpfung. Dr. Moniz hatte Kirstensen aufmerksam zugehört, Notizen gemacht und sich nach Einzelheiten erkundigt. Der Commander antwortete widerwillig, er fragte sich, wieso das, was er sagte, ein Staatsgeheimnis sein sollte.

Die Tür ging auf, ein strahlender Dr. Moniz erschien. »Es besteht Hoffnung!« rief er fröhlich, winkte den Dolmetscher herbei und setzte sich mit den beiden an einen Tisch. »Mister Kirstensen, Sie haben mich mit einem besonderen Wunder der Natur überrascht, ich bedanke mich jetzt dafür, indem ich ein bißchen weiter aushole.« Er zündete sich eine Zigarette an. »Wie Sie wissen, ist das menschliche Gehirn so symmetrisch wie eine Schneeflocke oder wie ein Regenwurm, dessen Teile ein selbständiges Leben führen können, wenn wir ihn zerschneiden. Die erstaunliche Übereinstimmung zwischen den Würmern und unseren höheren Organen wurde auch in anderen Forschungsbereichen nachgewiesen; denken Sie nur an die chemische Identität der interzellulären Flüssigkeit und des bei der Entstehung des Lebens so entscheidenden Meereswassers. Das Wurmsein ist nichts anderes als eine Niederlage der Intelligenz, des höheren Organisationsstandes gegenüber der physischen Determination.«

Er blies genüßlich den Rauch aus, dann fuhr er fort: »Das menschliche Gehirn ist vermittelndes Organ zwischen dem Scheitern und der Vollkommenheit. Die Hirnmodelle sind – wenn Sie wollen, zeige ich Ihnen eins – Entwürfe eines symmetrisch unübersehbaren Universums. Ihrer Struktur nach sind sie im wesentlichen identisch, nur muß man sich die Gehirnkammern als Gestirne und die Zellen als Sternschnuppen denken. Es ist also eine tragische Kontinuität vom primitiven Vegetieren bis zur Sphärenmusik anzunehmen.« Er drückte die Zigarette aus. »Doch das menschliche Gehirn vermag infolge schwerer Schädigungen oder Gefühlserschütterungen auch rückwärts zu vermitteln, zum Wurmsein hin. Ein exzellentes Beispiel hierfür ist Ihr Tomlinson-Melting Ice.« Er beugte sich so nahe zu Kirstensen, daß der Dolmetscher ihn kaum verstand. »Ihr Gefangener ist ein Lindwurm mit mythischen Erinnerungen, seine Gehirnwellen stammen aus der Zeit, als es noch keine Radiowellen gab, in der Röntgenaufnahme zeichnen sich Bilder der Furcht ab.«

»Er ist also nicht zu retten?« fragte mit trockenem Mund Kirstensen.

Dr. Moniz zog ärgerlich den Kopf zurück. »Ihr Gefangener ist ein medizinisches Wunder, mein Herr«, sagte er, zündete sich eine neue Zigarette an und blies dem Commander den Rauch ins Gesicht, »das ich zerstören muß, damit Sie – und Ihre Journalisten – vernünftig mit ihm reden können. Ich werde ihn operieren. Sie wissen vermutlich, was man unter der Frontallobotomie versteht.« Er zog ein Skalpell aus der Tasche seines Kittels und kratzte damit zerstreut auf dem Tisch. »Ich durchschneide das Stirnhirn, und damit kommt der Patient zu einer neuen Persönlichkeit. Sie können ruhig schon einen Termin für die Pressekonferenz festlegen. Dort können Sie ihn ohne Risiko vorstellen: Herrschaften, das ist ein unglücklicher Landsmann, der unter Obsessionen gelitten hat. Fragen Sie ihn etwas Beliebiges!« Er stand auf und steckte die Hände in die Taschen. »Ich erwarte Sie hier am Montag um zehn Uhr.«

Gestützt auf die Schultern von Joe und Smith, stieg schwerfällig Tomlinson-Melting Ice die Treppe herab. Kirstensen beobachtete ihn mißtrauisch.

So wach wie die Tage verbrachte Alex Baranou auch die Nächte. Schweigend lungerte er durch das kalte Haus, seine Walrosse heulten wie wild den Mond an. Schnee fiel durch das schadhafte Dach. Längst hatte die Stille die Fensterscheiben zerbrochen. Unter einem eingeschneiten Sessel lag sterbend sein Seehund, über dem Rauchabzug schwebend, rief sein klagendes Kläffen die Engel der Eisfelder. Baranou kratzte mit den Fingernägeln die Karte von Alaska aus der bröckelnden Wand und fraß sie unendlich langsam auf.

»Man legt mir Bilder vor, ob ich nach einem langen werde. Ungeschickt bewege ich die Finger, ich bin stumpf von den Beruhigungsmitteln, ein heiseres, ermunterndes Wimmern dringt aus meiner Kehle. Meine Zunge wälzt Splitter und Scherben von Wörtern, wird verletzt von ihren scharfen Kanten, mein Jammern klingt wie Glockenhall. Über mich beugt sich Moniz, der portugiesische Gehirnchirurg, seine Skalpelle glitzern und funkeln vor meinen Augen.

›Ein Eskimo‹, flüstert er, und Schmerz überflutet mich. Ich sehe unsere umgestürzten Hundeschlitten, unsere vom Mond leckgeschlagenen Boote, an den Wänden unserer Eishütten den furchterregenden Schatten. Die Scherben des Jenseits zerschneiden mir die Hand – ich neige mich zu Moniz' Ohr und schleudere mein Schweigen hinein.«

Kirstensen erwachte mit einem Ekelgefühl, er trank ausgiebig kalte Milch, den Rest schwappte er mißmutig in die schmutzige Schale seines Waschbären. Er verbrachte die Nacht zwischen den spröden Mauern des Gouverneurssitzes, beim Durchsehen alter Berichte war er auf Schmeichel gestoßen – aber vergebens durchwühlte er die Schränke, die »gefrorene Metallkassette« fand er nicht. Noch einmal wählte er Baranous Nummer, die Stimme blieb bei ihrer alarmierenden Mitteilung, er habe sich nach Norden begeben, auf seine entlegene, einsame Farm, er könne nicht mehr verbunden werden.

An der Tür wartete der Dodge Brothers, er warf sich auf den Rücksitz, sie fuhren Tomlinson-Melting Ice holen. Kirstensen nannte ihm mit hohler Stimme

Ziel und Zweck der Fahrt, aber er bekam keine Antwort. Im Hospital wartete bereits Dr. Moniz, Tomlinson-Melting Ice wurde auf ein Rollbett gelegt und in den Operationssaal geschoben. Kirstensen begann, auf dem knochenkühlen Terrazzofußboden auf und ab zu gehen.

Dr. Moniz beugte sich über ihn, seine Skalpelle versprühten funkelnd Licht, die Operationsleuchten blendeten ihn; Blut spritzte auf sein Haar, einige Tränen brannten seine Hornhaut, andere bildeten eine leichte Dunstschicht zwischen den durchschnittenen Stirnlappen. In den Augen Wap-Os auf dem kümmerlichen Bäumchen seines Bewußtseins flammte das Gelb und Rot der Verlassenheit auf. Hamasoaka ließ es regungslos zu, daß sich Krähen auf seine Brust setzten, die Schnäbel scharf wie Klingen: Er wartete nur auf den Augenblick, ihnen das schreckliche Abbild zu zeigen.

Er war ohnmächtig, als er aus dem Operationssaal geschoben wurde, Kirstensen drängte sich herbei, sein gieriger Blick streifte unzufrieden über das vom Laken bedeckte Gesicht. Dr. Moniz griff nach seinem Arm und zog das Tuch zurück. »Das ist nun der Mann, der elendigliche Mann, der einmal Melting Ice hieß«, hauchte er ihm ins Ohr. Kirstensen drehte sich der Magen um angesichts des schmalen roten Streifens mitten auf der schweißbedeckten Stirn.

»Der Tag davor! Ich trete ans Fenster, und während ich meine Stirn massiere, versuche ich mich zu erinnern, was geschehen ist. Ein Satz klingt in mir auf, ein Wort haftet an meiner Zunge. Meine Hände krallen sich in die verschwitzte Jacke des Pyjamas, ich spüre Stiche in der Seite.

Ich trinke die zweite Tasse Kaffee, indessen schreibt der Frost neue Chiffren an mein Fenster. Das Stechen läßt nach, ich setze mich an den Tisch, reiße den bereitliegenden Umschlag, reiße die weiße Haut auf, unterschrieben hat der Frost, wer sonst, unleserlicher Haß ballt sich draußen und drinnen, ich kratze den langsam erstarrenden geschmolzenen Zucker aus der Tasse, breite das Papier vor mir aus und beginne zu schreiben.

Es schneit noch nicht, aber ich ahne das Nahen des Schnees; aus meinen Erinnerungen löst sich unheilverkündend eine Bewegung, ich senke den Blick. Jetzt brauche ich Tee, es wird lange dauern. Ich lege die Hände flach auf den Tisch und lausche dem Pulsschlag.

Ich tauche den Filter in das brodelnde Wasser, gleich, das Heiße erreicht kaum erträglich meine Kehle.

Ich breche auf, gehe umher wie immer, trage die beschriebenen Blätter, folge genau meiner Fährte, berechne taumelnd die Schritte bis zur Biegung. Lehne mich an den Zugang, muß mich zusammenreißen, ich muß ja warten, warten, erstarrend in meiner Haltung, bis das Licht der bleichen Polarsonne über den freien Schneefeldern die Luft rundherum aufrührt.«

Die Pfleger, der Dolmetscher und Kirstensen steckten die Köpfe zusammen über dem schmutzigen, zerknitterten Papier und übersetzten stotternd das aufrührerische Schreiben des frisch Operierten; Dr. Moniz war kreidebleich auf einen Stuhl gesunken und schwieg. Seine Zeigefinger massierten wie unter einem Zwang die Stirn. Das war in seinem Berufsleben noch nie passiert. Das kalte, sterile Licht der Operationsleuchten brach sich an den Schneiden der Skalpelle, gnadenlose Piraten, seine Vorfahren, schleppten ihn mit zur Erdumschiffung. An die Ruderbank gekettet, spürte er am Rücken das Klatschen der Peitsche: vielfach gewundener, fahler Gehirne im Formalin. Er zog das Schriftstück vor sich und kratzte mit einer Klinge über die Oberfläche – die hervorspritzende Stille gab ununterdrückbar die Worte einer wahnwitzigen Botschaft wieder:

»Zar Alexander II. verkaufte Alaska im Jahr 1867 für 7,2 Millionen Dollar an die Vereinigten Staaten, wodurch das zusammenhängende Siedlungsgebiet der Eskimos zerstückelt wurde. 1881 wurden die ersten Goldminen eröffnet.

Fort Dawn war die nördlichste amerikanische Befestigungsanlage und Siedlung. Ihre Gründung 1899, an der Schwelle zum neuen Jahrhundert, erfolgte in dem trügerischen Glauben, in der Nähe befinde sich das legendäre Ühl. Erst fünfzehn Jahre später stellte sich heraus, daß Ühl weiter entfernt war als die gesegneten Gefilde Kaliforniens.

Der Aufstand brach im September 1914 aus, aber erst im Dezember 1916 konnten die Truppen der Staaten das Sternenbanner auf den Türmen von Ühl hissen. Dennoch entstanden in den seither vergangenen Jahrzehnten keine Analysen der militärischen Ereignisse, obgleich doch dieser Krieg in der Zeit zwischen dem Bürgerkrieg und dem Weltkrieg der mit den höchsten Menschenverlusten auf dem Kontinent war. Und da die Eskimos nirgends in der Welt eine Zeitung haben, ist dies eine erste, wenn auch späte Nachricht von ihrem Königreich und ihren Toten.

Die Eskimos selbst erfuhren erst 1911, daß man sie verkauft und daß sich Soldaten eines völlig unbekannten Volkes auf ihrem Land niedergelassen hatten.

Zum ersten unheilvollen Zusammenstoß kam es bei Fort Dawn. Ein kleiner Trupp Flachlandeskimos, der seit zwei Tagen hinter einem ungewöhnlich schönen Silberfuchs her war, hielt in den Mittagsstunden des 9. Juli verblüfft in der Jagd inne. Behauene Pfähle einer unbekannten Festung ragten vor ihnen auf, der Wind trieb Wörter herbei, die sie nicht verstanden, vom Turm erklang eine fremdartige Melodie.

Um halb drei Uhr wurde Lieutenant Liam Tomlinson, dem Kommandanten des Forts, gemeldet, eine Patrouille habe Eskimos gefangengenommen. Er befahl, sie um drei Uhr vorzuführen. Die verbleibende halbe Stunde verbrachte er damit, in Büchern zu blättern und Träumen nachzuhängen.

Er nahm sich das Große Buch von Alaska vor und betrachtete die Zeichnungen, auf denen Eskimos dargestellt waren. Dann schlug er das malerische Phantasiebild von der legendären Eskimostadt Ühl auf. Seit er in Fort Dawn das Kommando führte, hatte er störrisch und dann fast verzweifelt nach Ühl geforscht, aber in all den Jahren war er weder der geheimnisvollen Hauptstadt der Eskimos noch ihnen selbst auf die Spur gekommen.

Sein Blick streichelte das Phantasiebild geradezu. Wie oft hatte er sich die Eismauern der Stadt vorgestellt, wie oft hatte er sich ausgemalt, daß seine Soldaten dort die Fahne aufpflanzen würden. Nur die Eskimos hatte er sich nicht in diese Stadt hineindenken können. Wie er sich auch bemühte, zwischen den Häusern heulte und tobte der Wind, und unter Stiefelsohlen knirschte der gefrorene Schnee. Mehr nicht.

›Ühl‹, flüsterte er, ›Ühl, Perle des Nordens, Geheimnisvolle, Unbekannte!‹

Sein Adjutant klopfte, es sei fünf Minuten vor drei Uhr. Überrascht gewahrte er, daß sein Herz zu hämmern begann, er räumte die Bücher weg, hastig und nervös, stellte sich ans Fenster und richtete den Blick auf die Tür. ›Eskimos‹, sagte er leise.

Das war die erste Stunde des Krieges.

Mit unverhüllter Enttäuschung und Verachtung musterte er die Gefangenen, und langsam trat das peinlich berührte Lächeln in sein Gesicht, das er angeblich den ganzen Krieg hindurch nicht ablegte. In seinem Lächeln mischte sich Verlangen nach Rache, daß er Jahre für diese Leute vergeudet hatte, mit Abscheu und Furcht vor dem gänzlich anderen. Dieser innere Kampf währte bis zum Zusammenbruch, bis zum Sturm auf das Fort, nach dem niemand mehr etwas über ihn hörte.

Den Eskimos erstarrte das Blut in den Adern, als sie ihn erblickten, sie schrien auf vor Angst. Tomlinson trat näher an sie heran. Die Eskimos waren von kleinem Wuchs und mongolischem Aussehen, sie hatten einen eigenartigen Gestank an sich, und in ihren Augen wogte bodenloses Entsetzen.

Tomlinson wich zum Schreibtisch zurück. Sie sind Fleischfresser, dachte er böse, dann begann er, langsam und artikuliert Fragen an sie zu richten, schließlich zeigte er ihnen auf der Landkarte Washington, Alaska und Fort Dawn, und indem er mit dem Finger zögernd über die Karte strich, flüsterte er den Namen Ühl.

Aber die Eskimos antworteten nicht.

Bis unerwartet rasselnd einige Wörter in die Stille fielen, die sie mit Mühe ihrem Gedächtnis abgetrotzt hatten – Wörter, die auf knarrenden Schiffen zwischen groben Zähnen gemahlen worden waren, bevor sie sie erhalten hatten: ›Zar … boshe moi, Sankt Petersburg …‹

Tomlinson traute seinen Ohren nicht. Kreidebleich starrte er auf die Eskimos, quälende Urängste erwachten in ihm, er schluckte zwanghaft, immer wieder, während sie die Wörter aus sich röchelten. Mit brummendem Schädel und pochenden Schläfen setzte er sich an den Bericht, in den Ställen wurden bereits die Pferde gesattelt, so gründlich wie nie putzten die Soldaten ihre Waffen; die Eskimos wurden erbarmungslos verprügelt. Der Bericht kündete Unheil an und erbat Hilfe, der Ton war drohend und resigniert. Tomlinson verwob die ›Eskimogefahr‹, Bewußtseinsstörungen und Spionage mit Einsamkeit, Furcht und Ruchlosigkeit. Er bat um Verstärkung, denn noch spuke hier die Erinnerung an den Zaren, die uralte Vergangenheit – es sei Krieg.

Noch vor Mitternacht machte sich eine Kavallerieabteilung mit den gefangenen Eskimos auf den Weg, die beunruhigenden Nachrichten nach Washington zu bringen. Aber sie erreichten ihr fernes Ziel nicht. Ob es an dem traumschönen Herbst von Alaska oder an den umherhuschenden Silberfüchsen, an der Unaufmerksamkeit oder der Furcht lag, läßt sich heute nicht mehr sagen. Die Eskimos kamen frei und metzelten die Abteilung nieder, nur der Kurier und ein Soldat entgingen durch einen Zufall der Rache. Die Eskimos aber eilten durch Wälder, in die nie ein Mensch den Fuß gesetzt hatte, in ihre Heimat, Landkartenstücken im Mund und glühenden Haß im Herzen.

Obgleich sich die Geschehnisse auf zwei Siedlungen konzentrierten, nämlich auf Ühl und auf Fort Dawn, haben wir über das Fort unvergleichlich mehr Informationen. Das gilt auch dann, wenn wir berücksichtigen, daß aus dem Fort nur eine Handvoll Augenzeugen am Leben blieb und daß Tomlinsons wortkarges, verworrenes Tagebuch die einzige Quelle ist, die Glaubwürdigkeit verdient. Über den Angriff der Eskimos berichtet Tomlinson allerdings bemerkenswert anschaulich; diese Passagen verdienen es, zitiert zu werden: ›Die aufständischen Eskimos näherten sich dem Fort im heftig stiebenden Schnee auf Hundeschlitten. Der Überfall ging lautlos vor sich, nur ab und zu war ein Wehklagen oder das Knallen von Peitschen zu hören. Die zähnefletschenden Hunde versprühten Funken, das Knarren und Ächzen der Schlitten tropfte wie Blut auf das froststarre Schneefeld. Alle Eskimos waren gekommen, ferne Eskimografen mit riesigen Hunden, deren Augen leuchteten, und polare Eskimofabrikanten mit eigenartigen, frostigen Waffen. Aus dem unbekannten Ühl, der legendären Stadt, zweihundert eisgepanzerte Jäger mit Harpunen, sie führten das Heer. Das Hauptkorps bildeten vierhundert Flachlandeskimos, die berüchtigt sind wegen ihrer Kampfhunde, und ihnen folgten die Hilfstruppen aus kanadischen, sibirischen und grönländischen Eskimos, rund dreihundert stumme Teufel.‹

Die zwanzigtausend amerikanischen Soldaten, die Anfang November eintrafen, empfing ein erschütternder Anblick: verkohlte Wände, eine zerrissene, angebrannte Fahne und sechs Überlebende, zu Tode geschwächt und dem Wahnsinn nahe. Da befand sich unter ihnen noch Tomlinson mit seinem peinlich berührten Lächeln.

Was hernach zwischen dem November 1914 und dem Oktober 1916 geschah, läßt sich jetzt noch nicht ergründen. Der Krieg erfaßte ganz Alaska, und die Eskimos wurden in schweren Kämpfen immer weiter nach Norden gedrängt. Schließlich fiel im November 1916 auch Ühl.

Es überrascht jedoch, wie zurückhaltend, ja feindselig sich in seinem Bericht an den Kongreß Colonel Roger Burke über dieses hochbedeutsame Ereignis äußert: ›Die Stadt war leer, der Wind heulte zwischen den Häusern, der gefrorene Schnee knirschte unter den Stiefelsohlen.‹

Lieutenant Tomlinson verschwand spurlos, wie auch von Ühl keine Spur blieb, nachdem die erschöpften, demoralisierten Truppen die Stadt verlassen hatten. Vielleicht bedeutet das, was Tomlinson als letztes in sein Tagebuch schrieb, (für ihn?) das Ende des Krieges: ›Die Frauen, Kinder und Alten waren bereits unterwegs nach Ühl, mit zusammengebissenen Zähnen schleppten sie sich nach Norden, wo das sicher geglaubte, revolutionäre Ühl lag. O Ühl, schrie Henhe, der Wind, du lebendig gewordene Legende, wo sind deine blendenden Türme geblieben, Bärenschmerz geht jetzt um in dir.‹

Was nach dem Krieg war, ist in Vergessenheit geraten. Und für diese beispiellose Tatsache gibt es keine rechte Erklärung – ist es dem Weltkrieg zuzuschreiben, der kleinen Zahl Überlebender (die merkwürdigerweise fast sofort nach der Besetzung Ühls auf die europäischen Kriegsschauplätze geschickt wurden), vielleicht der kalten, unfreundlichen Landschaft?

Oder muß man die Behauptung wagen, daß das Schweigen, daß die kurzen, verworrenen Berichte auf Verschweigen schließen lassen? Daß die Truppen des Colonels vielleicht gar nicht in Ühl gewesen sind und nur die Schneefelder blendend geleuchtet haben?

Möglich also, daß noch immer …«

Die Deutsche Bibliothek – CIP-Einheitsaufnahme

Wirth, Imre:
Geschichten aus dem Eskimokrieg : Roman / Imre Wirth.
Aus dem Ung. von Hans Skirecki. – Berlin :
Verl. Volk und Welt, 1996
Einheitssacht.: Történetek az eszkimóháborúból <dt.>
ISBN 3-353-01061-0

Lektorat: Christina Links
Schutzumschlag- / Einbandgestaltung: rgb, Hamburg
Gesetzt aus der Palatino, Linotype
Satz: deutsch-türkischer fotosatz, Berlin
Druck und Bindearbeiten: Wiener Verlag
Printed in Austria
ISBN 3-353-01061-0